都市里的
汤姆&索亚

⑥ 游戏告一段落？

〔日〕勇岭薰◎著

〔日〕西炯子◎绘

任兆文◎译

北京科学技术出版社

100层童书馆

敬告：请在游戏前阅读。

真正的冒险精神在于勇敢探索，
而不是铤而走险。

本书内容纯属虚构，
部分情节包含危险操作，
请勿模仿。

开始游戏吗？

开始新的游戏

▶ 读取存档

请导入数据。

"都市里的汤姆&索亚"①我们的城堡

"都市里的汤姆&索亚"②欢迎来到游戏之馆

"都市里的汤姆&索亚"③战斗何时才能结束？

"都市里的汤姆&索亚"④四重奏

"都市里的汤姆&索亚"⑤游戏正式开场！

开始游戏吗？

▶ 开始新的游戏

读取存档

加载中……

"都市里的汤姆&索亚" ①我们的城堡

"都市里的汤姆&索亚" ②欢迎来到游戏之馆

"都市里的汤姆&索亚" ③战斗何时才能结束？

"都市里的汤姆&索亚" ④四重奏

"都市里的汤姆&索亚" ⑤游戏正式开场！

▶ "都市里的汤姆&索亚" ⑥游戏告一段落？

前情回顾

《IN VADE》终于开发完成。

内人和创也得到消息，决定前往围得村参加《IN VADE》游戏的试玩。

11名身份不同的参与者齐聚一堂，游戏在惊天动地的爆炸声中正式开场。

坠落的飞碟，不知去向的外星意识体，以及随时可能被外星意识体寄生的威胁……"人生瞬息万变。"神宫寺的话完美地概括了这场游戏。

黑夜中点燃小屋的神秘追踪者，能够操纵重力的蒙面外星人……这里到底是游戏的世界，还是现实的世界？

拥有高度文明的外星人难道真实存在？

重重疑云笼罩在内人和创也心头。

种种谜团尚未解开，二人竟然又在岩洞中发现了一个制造飞碟的工厂……

"都市里的汤姆＆索亚"第六册《游戏告一段落？》即将拉开帷幕。《IN VADE》试玩的结局会是怎样的呢？敬请期待。

主要登场人物

内 藤 内 人 每天在多个补习班之间奔波的普通中学生。

龙 王 创 也 内人的同学，成绩优秀，龙王集团的继承人。

堀 越 美 晴 内人和创也的同学。

堀 越 隆 文 美晴的爸爸，日本电视台的导演。

二阶堂卓也 龙王集团员工，创也的保镖，兴趣是阅读招聘杂志。

栗 井 荣 太 传说中的游戏制作人。

目　录

第二部

游戏正式开始

第六章
真正的"飞碟"?

"你应该也知道'飞碟'一词的来源吧？"

以前，创也曾经问过我这个问题。但是一个普通中学生怎么可能知道这种冷门知识？我懒得和他计较，只默默地摇了摇头。

创也无奈地解释道："1947 年 6 月 24 日，美国人肯尼思·阿诺德驾驶私人飞机飞行时，看见空中有 9 个不明飞行物，他觉得这些飞行物很像不断闪着光的碟子，所以给它们取名为'飞碟'。"

啊……我好像在哪里读到过这个故事。不过，人名和具体日期都没记住。

"然而，这个故事和事实有些出入。阿诺德说的不是飞行物的形状像碟子，而是它们的飞行方式就像一个碟子沿着水面被抛了出去。所以，'飞碟'这个名字其实是在形容飞行物的飞行方式。"

"……"

"阿诺德明明没说自己看到了'碟子',媒体却大肆宣传他看到了碟状飞行物。总之,这件事在当时的美国引发了巨大的舆论轰动,继而关于碟状飞行物的目击报告也层出不穷。"

"……"

"结果,现在'UFO'和'飞碟'几乎成了同义词。这导致人们就算看到了其他形状的不明飞行物,也会下意识地把它当作'会飞的碟子'。"

"……"

"我想说的是,典型的 UFO 到底是不是碟子的形状还有待研究。"

"哦。"

我敷衍地回应了一句,结束了这个话题,尽管我知道创也还有很多话想说。

话说回来,我为什么会突然想起这段毫无意义的对话呢?那是因为我在岩石的缝隙中看到的物体正像一架典型的"飞碟"。

它的形状好似两个碟子一正一反拼在一起,上半部分是银色的,下半部分是黑色的,没有尾翼。如果让小学生画飞碟，100 个人中大概有 90 个人会画成这样。

"创也，你看到了吗？"

"嗯。"

"那是飞碟吧？"

"嗯。"

"是真的吗？"

"怎么可能？"创也犹豫了一会儿才回答。

"也是。"我故作轻松地说。

然而，刚刚有所缓和的紧张气氛被创也的一句话打回了原形。

"栗井荣太怎么可能在岩缝中制造出这么大的飞碟呢？"

我沉默了。

"有些事，再怎么砸钱也是办不到的。"

比如超出现有科技水平的奇迹。也就是说，眼前这个东西难道真是外星人的飞碟？

"糟了！"我大喊一声，将视线从岩缝处移开，"冰箱里的布丁今天就要过期了！"

创也拍了拍我的肩膀："我能理解你想要逃避现实的心情，可你又能逃到哪儿去呢？"

"创也，快告诉我这是现实吗？眼前这一切是真的吗？这是游戏，还是现实？"

"我能明确告诉你的只有一件事——这是RRPG，也就是栗井荣太创造的世界。"创也说完，便转身走向我们来时的那条路。我急忙重新点燃火把追了上去。

"思考这是游戏还是现实，有什么意义呢？重要的是保持冷静，分析情况。"

我听到创也在喃喃自语。

不一会儿，我们回到了刚才的岔路口。就在这时，我突然听到一阵轻微的响动。

啪嗒，啪嗒……

是脚步声。有人走过来了。

我连忙熄灭火把——在黑暗中举着光源太显眼了，简直是在邀请敌人赶快过来。

我驻足仔细聆听，脚步声却突然消失了。

"你不要神经兮兮的。"创也说。

好吧，也许是我紧张过度了。

"但我真的听到了脚步声。"

"我也听到了。应该是我们走路的回声吧。"创也坦然地说。

我又重新点燃火把，走向我们刚才没选的右边那条路。虽然脚步声没了，可我依然感觉后背发凉，心里毛毛的。

这条路也不长，我们很快就走到了尽头。我熄灭火把，等眼睛适应了黑暗，便开始观察四周。

果然，这边的岩石缝隙中也透出了光。我像刚才那样凑近一看——

那里面有一个浅浅的圆形池子，池子里盛满了绿色的凝胶状物体。池子边缘躺着数根或粗或细的线缆，就像纵横交错的毛细血管。整个景象沐浴在微光中，但这光不像灯光，倒像来自岩石本身，诡异得令我挪不开眼。

"看到什么了？"创也问。

我一时间无法形容，只好指了指缝隙。

创也看了看里面，立刻扭头问我："这是什么啊？"

面对自己无法回答的问题，我决定保持沉默。我们各自窥视着缝隙内部，谁也没有说话。

就在这时，我看到一束光从池子底部显现，慢慢点亮了整池凝胶状物体。

怎么回事？

渐渐地，池子表面泛起微波。很快，波浪越来越大，直到几条类似胳膊的东西从池子里伸了出来。

我们愣在那里，吃惊地看着眼前的一切。

凝胶胳膊相互黏合，变得越发巨大，甚至开始有些接近人形。它颤巍巍地摇晃着升高，似乎想要从池子里爬出来。

"这这这……是不是……"我吓得舌头打结，"外星人在培育自己的同伴啊？"

创也没有回答。

没错，面对自己无法回答的问题，保持沉默才是明智的选择。制造飞碟和培育外星人这两个场景让我们彻底傻眼，不知该作何反应。

"哎呀，差点儿忘了！"我猛地拍了一下手，"我租来的DVD忘记还了！怎么办？今天就要到期了！"

这回创也没说我在逃避现实，而是温柔地拍了拍我的肩膀，面露同情的神色。

"这可麻烦了，听说超期的话要交很多钱。"

没想到创也这个小少爷竟然知道租DVD超期会被罚款，我好意外。

"那我们赶快结束游戏，回家去吧。"

"好啊。"

我们勾肩搭背，原路返回。

万幸，这一路上都没有撞见什么人。

第七章
敌人不止一个

我们离开裂缝，爬回悬崖上，找到一处树荫坐了下来。我感到筋疲力尽——比起身体，精神上的疲劳更甚。

"创也……"我靠着大树，面朝着创也说，"我现在有点儿糊涂。我很想搞清楚状况，但一到山里，我的大脑就会罢工，只能靠感觉和本能行动。所以脑力活儿还是你来吧。"

我伸出一根手指对创也说："先回答我一件事——外星人真的存在吗？"

他稍加思考，过了半晌才轻声说：

"以地球目前的科技水平来看，人类还无法穿过狭窄的岩石缝隙，在岩洞中制造出那么大的飞碟。这样想来，外星人或许真的存在。不对，等等——"他猛地抬起头，"昨晚外星人的飞碟刚坠落，今天新飞碟就建成了？在这么短的时间内吗？"

"……"

"就算外星科技再发达，也不可能这么快。"

"等等，创也。照你的意思，这架飞碟既不是地球人制造的，也不是外星人制造的。那到底是谁……"

不得不说，我这个问题真是问得相当有水平。

"嗯，你的话很对。地球人科技水平有限，外星人时间不够，按理说，二者都无法制造出这架飞碟。但怎么可能有如此荒谬的事?!"说到这里时，创也突然愣住了，连嘴巴都忘记闭上。

紧接着，他喃喃道："外星人只有一名吗……"

"不，你等等，"我打断创也，"有件事必须提前确认好。"

"啊?"创也又是一愣。

"外星人的量词是'名'吗?"

"什么?"

"你看，我们数地球人的时候才说'一名''两名'。我在想，数外星人的时候也可以用这个量词吗?"

创也盯着我看了两秒，忽而温柔地一笑。

"内人，我给你出道题，你仔细想，不用着急回答。"说着，他伸出一根手指，"'灯'的量词是什么?"

咦，灯的量词?

一个、两个……不对，不是这个。我记得奶奶曾经告诉过我……嗯……奶奶怎么说的来着？

没等我作答，创也便自顾自地开始分析："栗井荣太提供的围得村简史中有围得村的龙神传说。"

一台、两台……不，不对，不是"台"。

"龙神……古人连飞机都没见过，把发光的飞行物当成龙神也不奇怪……可能飞碟早就来过这里。"

一支、两支……嗯，还是不对。

"而昨晚，飞碟再次造访，这恐怕不是巧合。那……飞碟为什么又来了？"

我记得灯的量词和茶水的量词类似，所以是一杯、两杯……？好奇怪，肯定不是这个。

"我懂了，一定是当初那架飞碟也不幸坠毁了！为了救援同胞，第二架飞碟才会来到这里。这样就说得通了！"

一碗、两碗……哦，是这个！我模糊的记忆告诉我这是正确答案。

"我知道了！"创也和我同时大喊。

"外星人有两名！"

"灯的量词是'碗'！"

之后，我们同时陷入沉默。

创也率先打破沉默：“你说什么？”

“我想起了灯的量词，是‘碗’，对不对？”

听了我的回答，创也超级大声地宣布：“大错特错！”

什么？！

看着沮丧的我，创也露出怜悯的表情。

“灯的量词是‘盏’。‘盏’是浅口小杯子的意思，因为古时候的油灯、茶水都用盏来盛，所以盏才渐渐演变成了灯和茶的量词。”

啊，原来是这个！我刚才想到了杯子，所以只差一点儿就答对了……

我迅速调整好心情，反过来问创也：“对了，你刚刚想说什么？”

“我们犯了一个错误，外星人其实有两名。”

外星人的量词问题依旧悬而未决，但我明白现在不是计较这个的时候。

“让我们从头梳理一遍。昨天坠落的那架飞碟为什么会来地球？”

这个问题很简单。我不假思索地说：“观光旅游！”

创也攥紧了拳头。我急忙抱头，以免被他打。

创也做了个深呼吸，继续说道："假设昨晚到访的外星人叫'纽'（new）。"

"可神官寺叫它'巴欧'。"

"你不觉得叫'纽'更酷吗？"

我已经懒得吐槽创也的取名水平。

"纽来围得村是为了救援另一名外星人。"

"你怎么知道？"

"村里流传的龙神传说就是证据。那个被村民们误以为龙神的东西就是先于纽来到这儿的外星人的飞碟。"

"……"

"假设先来的外星人叫'奥尔德'（old）。"

创也的取名水平……不说也罢。

"奥尔德的飞碟在围得村坠毁了。围得村附近的地磁场可能比较特殊，会使飞碟的仪器发生异常。"

创也沉浸在自己的推理中，彻底忘记还有第二个人在场，也就是我。

"奥尔德为了回到母星，花了大量时间制造一架新的飞碟。没错，就是刚刚我们看到的那架。"

"这里，这里！我有问题。"我举起手问，"最先来到围得村的外星人……是叫奥尔良？"

"奥尔德。"

见创也不高兴，我伸出手帮他顺气。

"那奥尔德能长生不老吗？龙神传说已经流传了那么久，奥尔德不应该早就死了吗？"

"奥尔德会不断寄生在村民身上。只要有村民活着，他就能一直不死。他通过这种方法隐藏身份，就这样存活到了今天。"

"下一个问题。X 是纽，还是奥尔德？"

"……"

创也沉默了。他生性要强，就算答不上来也绝不肯承认。

于是，我换了个问题："X 为什么想要杀了我们？"

"对外星人来说，死几个地球人没什么大不了。就像你走在路上的时候，会在意自己踩死了几只蚂蚁吗？"

我脑海中的外星人形象不再是可爱的 E.T. 和拉姆[1]，而变成了恐怖的异形、铁血战士和食心物体 X[2]。

"我猜不透外星人的想法。哪怕同是地球人，彼此也会

---

1 E.T.和拉姆分别是美国科幻电影《E.T.外星人》和日本科幻动画《福星小子》的外星人形象，他们温柔善良，对地球人很友好。——编者注
2 异形、铁血战士和食心物体X均为影视作品中的嗜血外星怪物，分别出自美国科幻电影《异形》系列、《铁血战士》系列及日本科幻动画《食心物体X》。——编者注

因为文化、语言和习俗的不同而产生分歧，甚至相互残杀。"
创也摇着头说。

就在这时，一个熟悉的声音突然响起。

"看来不需要给你们提示了。"

神宫寺从旁边的树荫里走了出来，笑着说："你们两个
小鬼还真厉害啊，这个阶段就能看透故事背景。"

创也用左手食指抵住右手掌心，做出"暂停"的手势。

"我们进裂缝的时候，是你跟在我们身后吗？"

"不是。我一直在这里等你们出来。"

听了神宫寺的回答，我和创也面面相觑。他没有说谎，
因为游戏主持人只能陈述事实。

神宫寺展开手中的文件夹说："一般来说，为了让游戏

顺利进行下去，我会给玩家一些提示。不过对你们俩来说，似乎没有这个必要了。"

这么说，刚才创也的猜测都是对的。

"其他玩家进展如何？"

"无可奉告。好奇的话就自己去查。"神宫寺低下头，哗啦哗啦地翻阅着文件，"接下来，你们要小心巴欧和涅提伍[1]，以及被外星人寄生的玩家。祝你们能顺利走到最后一关。"

嗯？

"'涅提伍'是……？"

"啊，是我给外星人起的名字。早就生活在围得村的外星人是涅提伍，昨晚来到围得村的外星人是巴欧，他们就是你们所谓的奥尔德和纽喽。"

神宫寺说完，还不屑地嗤笑了两声。可你的取名水平跟创也比起来完全是五十步笑百步啊……

"如果被外星人寄生，会怎么样？"创也问。

"被寄生的地球人无法复原，只能继续寄生在别的玩家身上。直到所有玩家都被寄生，外星人方能获得胜利。"

"怎么寄生在别的玩家身上？"我问。

"等你被寄生了，我再告诉你。"神宫寺冲我眨眨眼睛，

---

1 英文单词"native"的音译，意为"本地人"。——编者注

"好，接下来的任务都清楚了吧？现在该换我提问了。"

神宫寺合上文件夹，说："今早我去看农具小屋，它已经被烧得一干二净了。那是你们俩干的好事吗？"

我和创也连忙摇头。

"不，我们是受害者。不过，既然你这么问，说明在餐厅袭击我们的 X 和点燃小屋的不是同一个人。"创也用手指扶了一下眼镜，"游戏出问题了？"

神宫寺没有点头，只勉强地笑了笑。

"或许吧。"他叹了一口气，抬头望向天空，"唉，真是没想到啊。"

"没想到大名鼎鼎的栗井荣太也会马失前蹄？"创也嘴上不饶人。

神宫寺摇了摇头："没想到游戏会出现问题。我们模拟运行过无数次，把出现的所有漏洞都修复了，结果还是百密一疏……"

他直勾勾地盯着我们，眼里写满了"都是你们的错"。

创也耸了耸肩："再优秀的程序也会有漏洞存在，我不介意，何况《IN VADE》这么有意思。"

神宫寺冷笑一声。

"那个，我有个问题。"我怯怯地举起手，"关于这个漏洞……我在想会不会有杀人狂混进来了？我不是指游戏世界，而是现实世界……比如说有个杀人狂混进了游戏中，为了掩盖自己的罪行偷偷行动，所以才导致游戏出错了？"

神宫寺和创也听完先是一愣，然后不约而同地岔开了话题。

创也抱着胳膊感叹："嗯……这种剧情倒是别有一番风味呢。"

神宫寺在纸上边写边说："这个点子不错。我要和公主讨论一下，看看能不能加进剧本里。"

这两个人真是没救了，他们的脑子里就只有游戏……

我又想起了草丛中的那个头骨。要不要把这件事告诉神宫寺呢？可这两人相谈甚欢，已经完全忘记了我的存在。

"玩家分不清现实世界和虚拟世界，就很麻烦。"神宫寺无奈地说。

创也用力点了点头："确实。要是玩家自身水平有限，那么再怎么提高游戏的质量，也无法充分发挥其性能。"

"今后制作游戏，还是得考虑先培养玩家啊……"神宫寺叹了口气说。

"时代变了啊……"创也跟着叹了口气。

两人叹完气，一脸不快地盯着我。好好好，都是我不对。

"哎呀，糟糕！我可是游戏主持人，怎么跟你们闲聊起来了？"神宫寺看了眼手表，"你们继续加油吧。距离最后一关还有很长的路要走，别松懈哟。"

他说完便离开了。

"创也，接下来我们怎么办啊？"我问。

"故事背景已经搞清楚了，可以说，目前为止都还算顺利。刚才神宫寺提醒我们别被外星人寄生，可是东逃西窜也不是我们的风格。"

说完，创也露出一个微笑。或许有人会认为那个笑容好似"天使的微笑"吧。

你问我？我当然觉得那根本就是"恶魔的微笑"啊！

"该转守为攻了。"

面对恶魔的微笑，我只有点头的份儿。

第八章
再度现身的X

我们回到村子的主路上。

湛蓝的天空中偶尔有飞鸟掠过，传来嘤嘤鸟鸣。眼前的景象如此宁静祥和，谁能想到我们即将在这里大战邪恶外星人？

创也快步走在前面。

"创也，我们这是要去哪儿？"

"我想见见森胁先生和金田先生。不知道他们俩现在会在哪里。"

也就是说，他在漫无目的地乱走。

疲劳和饥饿的感觉瞬间涌了上来，我抬头一看，烈日当空，已然到了吃午饭的时间。

"创也，我肚子饿了。"

创也转过身来盯着我，脸色十分吓人："你又不是小孩子，饿也先忍忍。"

"就算不是小孩子，肚子也是会饿的啊！"我只敢在心里反驳，不然他的脸色一定更难看。

这时，路边一家小店里传出一个甜甜的声音。

"小朋友们，要不要来吃些零食呀？"

昨天这家店还关着，今天却开门了。我往里面一瞧，发现是一家小卖铺。

真怀念啊，我小时候经常去这种店里买零食来着。

咦？但是这里有好多零食我都没见过，包装也很古朴。这家小卖铺似乎是上个世纪留下来的老店面了。

店内一角铺着张席子，放了几块坐垫，丽亚和朱利叶斯就坐在上面。

"肚子不疼了？"丽亚舔着糖纸问我。

"嗯，完全不疼了。"我爽朗地回答。

"那就好。"丽亚莞尔一笑。

"这是什么店？"创也问。

"村里的杂货铺，也卖零食。也对，龙王家的公子哥多半不认识这种小店吧？"丽亚双手托腮说。

创也气冲冲地说："我当然认识了！我在百科全书上读过。"

哦……我童年最爱去的小卖铺，创也竟然是在书里读到的……

"我想问的是，这家店为什么突然开门了？"

"这家店跟栗井荣太无关，"丽亚笑着说，"是我个人买下的——不光是铺子，还包括这里所有的商品。所以，你们想吃什么，尽管拿好了。"

我火速拿起一袋豆沙面包。但包装上没写保质期，我有些不敢下嘴。

"日本 1995 年 4 月以后生产的食品才会在包装上印保质期。这袋面包有年头了。"创也小声告诉我。

我赶紧把面包放了回去。

"没礼貌。"丽亚不满地鼓起脸颊。

创也则继续大谈食品安全小知识："判断食品能否食用一般可以看'最佳食用期'和'保质期'两个指标。最佳食用期指的是'在这期间食用，口感和味道更好'，而保质期指的则是'在这期间食用，对健康无害'。超过最佳食用期并不意味着食物已经变质，可是一旦超过了保质期，就不好说了。"

"公主也进了些新零食，那些你们可以放心吃。"朱利叶斯在旁边大嚼着咖喱仙贝说。

丽亚在朱利叶斯的头上狠狠地敲了一下："不要叫我公主,叫姐姐!"

我没有姐姐,但就我个人来说,丽亚这样的姐姐有还不如没有……

"那我们先走喽!要是肚子饿了就回旅馆吧,让我这个美食家好好款待一下你们。"

"谢谢,真期待啊。"我和创也说这句话时用上了毕生的演技。我暗下决定,在游戏结束之前绝不靠近栗旅馆半步。

丽亚和朱利叶斯离开后,我又在店里转了转。

这家铺子麻雀虽小,但五脏俱全,除了零食,还有日用百货、各式玩具,以及素描本之类的文具。哦?晾衣绳不错,毛巾也可以来两条……醋昆布和鱿鱼仙贝就挑我爱吃的口味吧。垃圾箱里的大号塑料瓶也让我难以割舍。

要是有大米就更好了,可惜没有。过去这里每家每户都种着稻子,小卖铺里不卖也能理解。(不过,角落的米缸里还剩少许大米,我用塑料袋装走了一些。)我又找到一个手电筒,里面却没有配套的电池。

我四处忙活,补充物资,创也却拿着一个装在盒子里的洋娃娃,站在玩具区发呆。

"你……你竟然有这方面的兴趣……"我战战兢兢地说。

创也却反问我："你觉得这个娃娃怎么样？"

他将洋娃娃递给我，我看到盒子上写着"丽佳娃娃[1]"，只是字迹的颜色褪得几乎看不清了。

"你问我？我只知道这是个洋娃娃……"

创也无奈地叹了口气："丽佳娃娃是日本经济高速增长时期上市的畅销商品，历经四代改良，依然很有人气。这个盒子里装的是第一代娃娃，目前的市场价为100多万日元。"

呃……我把创也的话认真琢磨了一番。这个娃娃真的值100多万日元吗……

然而下一秒，创也就随意地将这个价值100多万日元的娃娃放回了货架。

"你就这么放回去了？这可是100多万日元啊！"我忍不住大喊。

创也却冷冷地说："只有正品才值这个价格。荒郊野岭的小卖铺里怎么可能有真正的丽佳娃娃。"

什么啊，原来是假货……

"话说回来，创也，你挺懂行啊。没想到除了游戏，你对洋娃娃也这么了解。"

---

1 日本玩具公司TAKARA TOMY于1967年推出的人偶娃娃。——译者注

"因为开发游戏需要了解各种知识。"

原来如此。但在我的脑海中，创也的形象已经从"喜欢巫女的游戏迷"进化为"喜欢巫女以及可爱洋娃娃的游戏迷"了。

我将刚刚搜罗来的东西都用一块布包起来，系成一个包袱背在身上。

"你拿这么多东西是要做什么？"创也问。

"接下来不知道会发生什么，只能尽量都备上喽。"

"嗯……"创也看着我手中的铁制晾衣架问，"你打算洗衣服？"

创也根本不懂我的良苦用心，我放弃向他解释。

"创也，先帮我垫付一下。"

创也下意识地拿出钱包，随即愣住了。

"怎么了？你的钱包里没钱吗？"

"这家店可以刷信用卡吗？"

可以才有鬼哩！

真拿他没办法。最后还是我从自己的零钱包里掏出两枚500日元硬币，投进了旧旧的收银箱里。1000日元应该够了。

"要对抗外星人的话，是不是该买些更像样的东西？"

创也说着，从店门口的纸箱里拿出一把玩具手枪。他试着扳动扳机，可手枪只是不断发出弹簧声。

"这个怎么用啊？"

原来百科全书里没有记载玩具手枪的使用方法啊……

我找到一盒玩具子弹，然后把枪托的外壳滑开，将子弹装了进去。

"注意不要让枪口朝下，否则子弹会掉出去。"我给创也讲解了基本的注意事项。

"明白！"他雀跃着回答。

我看到店里还卖 10 日元一袋的泡泡糖。

"创也，请你吃泡泡糖。"

"没过保质期吧？"创也犹疑地说。

我没理会他，直接撕开包装袋，塞给他一颗，又拿出一颗扔进自己嘴里。

创也嚼着泡泡糖，还不忘冲我投来愤怒的目光。我不理他，开始吹泡泡玩。

"好厉害。"创也看着我吹的泡泡忍不住赞叹道。

"你……难道不会吹泡泡？"

创也不作声。

"会还是不会啊？"

"尚未证实吹泡泡的水平和我的人格有何种关联。"

为了糊弄我，创也已经开始胡说八道了。看来他不会吹泡泡。

我又在店铺角落里发现了一箱玻璃瓶可乐。这些可乐的瓶盖并不是现在常见的螺纹塑料瓶盖，而是类似啤酒瓶盖的金属瓶盖。

"喂，创也，这里还有可乐，喝不喝？"

"这……还能喝吗？"

"瓶盖还很严实，没事。"

创也开始拧瓶盖，不一会儿就疼得直甩手。

"这种瓶盖要怎么打开啊？"

"用开瓶器。如果没有开瓶器，就像这样……"我将瓶盖的锯齿部分对准墙角，用力磕上去。重复这个动作，就能把瓶盖打开。

我忙得满头大汗，创也却来捣乱。

"你知道瓶盖的锯齿部分叫什么吗？"

"……"

"它的学名叫裙齿。"见我不吭声，创也自问自答起来，"啤酒瓶盖的锯齿数是 21 个。这有明确的规定……"

"创也，"我打断他，将一瓶开好的可乐递过去，"比起这种知识，不需要开瓶器的开盖技巧好像更实用吧？"

这下轮到创也说不出话来了。唉，没用的知识一堆。

我又为自己取出一瓶可乐，刚磕了几下瓶盖——

咣当咣当咣当，咣当咣当咣当！

小卖铺的门窗被猛地关上，店里唯一的灯泡也突然熄灭了。

"来成为我们的同伴吧！"

一片昏暗中，我看到店铺的角落里立着一个巨大的人影——是昨晚在餐厅袭击我们的 X！

"创也！"我大喊一声。

创也举起玩具手枪，瞄准了 X。

X 透过黑色面罩默默盯着创也手里的枪。隔着面罩，我看不清他的表情。不过面罩下到底有没有脸还不知道呢。

"那是什么？"X 问。

"玩具手枪！"创也回答。

"呵呵，你就想用这个和我们战斗？"面罩后面响起轻蔑的笑声。

"没错，这就是我们的法宝！"

我说着，暗暗将手中的可乐瓶对准 X。他只顾盯着玩具手枪，根本没注意到我这边。瓶盖已然松动，被我用大拇指按住了，接下来只须用力一摇——

喷涌而出的可乐将瓶盖猛地弹了出去。

"哇——！"

瓶盖正中 X 的眉心，他发出一声惨叫，痛苦地倒在了地上。见状，我和创也立刻扑了过去，试图制伏他。

然而当时的我有三处失算：第一，创也向来莽撞，这次也是没看好路线就径直冲了过去；第二，由于店内光线太暗，创也不慎被一箱苹果绊倒；第三，创也的小脑确实有问题，

被绊倒后他竟然又撞在了我身上，害我给他垫背。

"哎哟！"

我感觉自己就像一个被人碾来碾去的瑜伽球。

咣当咣当咣当，咣当咣当咣当！

小卖铺的门窗倏地打开，阳光争先恐后地涌了进来。

趁我和创也跌坐在地，X趁机逃走了。

"也算是有收获。"创也扶了扶被撞歪的眼镜，若无其事地调查起小卖铺的门窗。

刚才要不是你掉链子，我们早就抓住X了，你给我好好反省！我在心里不停地发送着上述意念，然而迟钝的创也完全屏蔽了我的信号。

创也问我："X出现的时候，门窗自己关上了。这点你怎么看？"

他突然这么问，我难免有些迟疑："呃……这也很正常吧？X都能控制重力了，控制几扇门窗还不容易？"

"X就希望你这么想。"创也得意地笑着指向门缝说，"你仔细看看这里。"

这门缝有什么奇怪的吗？

咦……

我隐约闻到了一股油脂的气味。门槛处残留着许多润滑油，我稍微一碰，手上就沾了一些，这说明润滑油是最近才被抹上去的。

店门是木推拉门。与铝合金门相比，大家知道它有多难关上吗？尤其湿度一高，木头就会膨胀变形，更难关上。不过，上过润滑油后，开合就丝滑多了。

我试着拉了一下门，可是怎么都拉不开，不论我使出多大的力气，门始终纹丝不动。什么情况？

"这扇门是用机器控制的。"创也解释道，"估计是某种油压式机器。"

创也敲了敲门旁边的墙板。板子看似是木头的，敲击时却传来金属的铿锵声。

"障眼法。其实这里装着最先进的机器。"

"……"

"这下你知道 X 其实没有超能力了吧？"

"所以——"

"X 不是超能外星人，而是依赖机器的地球人。"

我点了点头。

之前我觉得 X 深不可测，心里很没底，现在知道他也是个地球人，着实松了口气。

创也继续调查店内的状况。他抬头发现天花板上吊着三个落满灰尘的风筝，于是伸手拽下了最边上的一个。

"你仔细看。"

这是一个画着盔甲武士的风筝，表面平平无奇，可是翻过来一看，我才发现武士的眼睛处藏着小型摄像头，位置很隐蔽，不仔细看很难发现。

"X 就是通过这个摄像头看到我们走进了店里。"

原来如此，难怪 X 出现的时机如此凑巧。

"围得村到处都装着这种小型摄像头。"

"是栗井荣太干的？"

"绝对是。你还记得我们刚到栗旅馆时，还没按门铃，神宫寺就来开门了吗？"

啊，确实。

"栗井荣太这么做是为了掌握玩家的行踪和村里的情况，不然游戏主持人很难把控游戏进程。"

"就不可能是别人装的吗？"

创也指着摄像头摇了摇头。我顺着他的手指看去，原来摄像头上清清楚楚地贴着一个栗子标志。

我无言以对，创也的眼神里却充满了欣赏之意。

"看来栗井荣太很喜欢给玩家制造惊喜呢。"

我叹了口气。

还是来梳理下手头的线索吧：X不是外星人，也没有超能力；X是地球人，而且必然是栗井荣太的成员之一。

咦，等等……

"创也，你忘了一件很重要的事。操控重力并非地球上的机器能做到的吧？"

听到这句话，创也脸上的笑容立刻消失了。

"离游戏结束……还有半天左右。我发誓，我一定会在游戏结束之前解开这个谜题。"创也认真地说。

我模棱两可地笑了笑。他对自己也太有信心了……

看我忧心忡忡，创也反而一脸坦然："不用担心，栗井荣太低估了我们的实力。有摄像头又怎样？骄兵必败，手里有再多信息也没用。更何况，我身边还有一位无敌的野外生存者。"说完，他拍了拍我的肩膀。

而我身边却是个无敌的冒失鬼……

我二话不说，默默将装备包袱背在了身上。

第九章
遥远的回忆

"咦，你们也来买东西吗？"

门外忽然传来金田先生的声音。他背着光，站在店门口。

"嗯，算是吧……"创也含糊地答道。

"我需要钉子，店里有吗？"

"啊，有。我刚才看到钉子了。"

我从货架上拿出一盒钉子递给金田先生。金田先生掏出钱包，往旧收银箱里放了一张纸币。金田先生没有像创也那样试图刷卡结账，可见是个有生活常识的人。

"金田先生，您现在住哪儿？"创也问。

"沿着后面的小路往上走，坡顶有一间屋子。我就住在那儿。"

"我们可以去参观一下吗？"

"当然可以……不过可能需要你们帮个忙。"

"乐意之至。"

于是，我们跟着金田先生离开了小卖铺，踏上一条田埂小路。一路上，我看到两边都是荒废的田地，还时不时出现一口被封住的枯井。

"我就住在这里。"金田先生停下脚步说。

我抬眼看到一栋平房。平房的门牌已经脱落，四周有篱笆，围成了一个宽敞亮堂的院子。

"农家需要空间晒谷、干农活儿，所以庭院也会相应宽敞些。"创也解释道。

院子角落有一间农具小屋和一间鸡舍。鸡舍有两层，里面还能养蚕。

正门和玄关在房子的右侧，左侧是檐廊。此时门窗都大开着，窗前放了一个水桶，里面盛满了水。乍一看，这栋房子完全没有荒废多年的气息，反而有一种普通人家正在进行年末大扫除的感觉。

这时，有人从房子中走了出来。原来是亚久亚，她穿着蓝色的针织衫，手持扫帚，头上包了一条毛巾。她也看到我们了。

"啊，创也和……"

"内藤。我叫内藤内人。"我贴心地报上名来。亚久亚记不清我的名字也能理解，谁让风头都被创也这个家伙抢走了呢?

"钉子我买回来了。"金田先生将钉子递给亚久亚。

"那我去修理橱柜。"亚久亚又转身走进房中。

金田先生拧了拧抹布,开始擦正门。

"我来帮忙吧。"

我打算去拿抹布,创也却拦住了我。

他对金田先生说:"您的角色设定是'废墟爱好者'。我认为修理房子、打扫卫生和您的角色设定并不符合。"

我本想劝创也不要把话说得这么直白,然而看到他严肃的表情,只好把话咽了回去。唉,一旦涉及游戏,创也就变成了死脑筋。

金田先生沉默片刻,然后把抹布搭到水桶上,开口道:

"这里曾经是老村长的家。"

这栋房子建在小山头上,站在院子里就可以将整个村子的景色尽收眼底。

"虽然人都搬走了,但村子还是老样子,除了那里多了一栋新建筑。"

金田先生伸手指向栗旅馆。

"您以前来过围得村吗?"我好奇地问。

"那是很久以前的事了，当时我还未满二十岁。"金田先生温情脉脉地注视着村子。

那少说也得有五六十年了吧……

"是在战争期间吧？"创也说。

金田先生点了点头，指向村子东边："我驾驶的飞机突然失控，撞在岩壁上爆炸了。我虽然在爆炸前一刻侥幸逃了出来，但也身受重伤。"

咦？我记得风神屏风在西边啊。

我看了看创也，他也显得很惊讶。难不成金田先生看似头脑正常，实际上已经有些糊涂了？

金田先生依然沉浸在回忆中："多亏有村民发现了昏迷的我，我才能死里逃生。村长收留了我，而我在这里足足躺了三个月……这座小村子远离尘嚣，像个世外桃源。在这里养伤的时候，我不断地思考自己究竟为何而战……"

我和创也静静地听着。

"在那之前，我从未想过这件事。我一直坚信自己必须响应号召，为国捐躯。然而那时我突然开始怀疑：我的想法是正确的吗？这场战争究竟有什么意义？"

金田先生望向远方。

"渐渐地,我不愿再回到战场。一想到敌对的国家也有这样平静的村落,我就变得非常厌恶战争。我深知,我们不应该再继续错下去……"金田先生的表情变得非常复杂,"可我只是一介平民,为了保护帮助我的村民们还有我自己,我除了沉默,别无他法。你们一定觉得我很软弱吧?"

我什么话也说不出……

"战争不久便结束了,我的煎熬却没有停止……我的那些疑问,可能到死都得不到解答了。"

"我在书中读到过这样一句话:世上没有答案,所有人都是带着疑问离开的。"

听了创也的话,金田先生闭上了眼睛:"可惜我没有在年轻时读到这本书。这句话对如今的我而言似乎已经没有帮助了。"

"不好意思。"创也低头致歉。

金田先生重新拿起抹布,擦起了玻璃窗。

"再次回到这里后,我就想去曾经收留我的村长家里看看,没想到房子已经破败成这样了。于是我决定把这里修整一下。"金田先生继续说,"我知道,身为'废墟爱好者',做这些事不符合角色设定,但我实在不忍心看着村长家的房子就这么荒废下去，只好对游戏主持人说明情况。他听了我的恳求，钻进屋里忙活了一阵，出来时手里拿着一个小型摄像头。他告诉我，这栋房子我可以自由处置，他们不再插手，说完便离开了。他这个人，也算有情有义。"

金田先生挺直腰休息片刻，很快又俯下身去洗抹布。

"金田先生，您当时执行的飞行任务是什么？"

"啊？"

金田先生显然没想到创也会问这个问题。

"据我所知，当时这里并没有空军基地。我在想，您为什么会飞到围得村的上空呢？"

金田先生避而不答。

"而且，您在叙述中并没有提到军队的救助。您在这里足足养了三个月的伤，这么长的一段时间，军队为什么没有派人来救您呢？"

"嗯……你觉得呢？"金田先生反问道。

"您是不是在执行什么绝密任务？"

金田先生沉默了。

"也许只有军队高层才知道您在做什么，其他人根本不知道您去了哪儿，也不知道您为何杳无音信。"

创也对自己的猜测很有把握，他看向金田先生的眼神似乎在说：我猜得对吗？

金田先生叹了口气，眼底闪过一丝凌厉的光。

"你很敏锐。"

"如果有哪里冒犯了您，我道歉。"

"关于这件事，我无可奉告。请你理解。"

创也若有所思地点了点头。他在想些什么呢？

这时，亚久亚从房子里走了出来："橱柜总算修好了。"

"啊，谢谢你。"金田先生瞬间又变成了慈祥的爷爷。

他们两人看起来就像一对祖孙。

创也这时插了一句："亚久亚，你家有围得村的地图吗？丽亚小姐画的地图错误太多了。"

"有是有，就是有点儿旧了。"

"有多旧？"

"是战前手绘的那种。"

"正合我意。况且也不会有比这张地图更糟糕的了。"创也说着，从口袋中拿出丽亚画的地图。我相信如果丽亚在场的话，创也一定小命不保。

金田先生对我们和亚久亚说："谢谢你们。剩下的我自己慢慢收拾，你们快回去吧。"

我们郑重地向金田先生行礼告别，然后离开了。

第十章
另一道屏风

我们穿过鸟居，爬上神社的台阶。

神社旁绿树成荫，为我们挡住了炙热的阳光，微凉清新的空气令人心旷神怡。

沿着道路向前，尽头是威严的大殿。建筑本身并不华丽，但是一眼就能看出村民们的用心。

"你们想去看看主神吗？"亚久亚问道。

可惜今天还有要紧事，我和创也婉拒了她。

于是亚久亚把我们领进了偏殿内的一间和室。

"请稍等片刻。"亚久亚给我们倒了杯茶，便去取地图了。

趁着这个空当，我环视了一下房间。室内的陈设十分朴素，家具也不多。角落里有一张书桌，上面立着一个花瓶。书架上，一排排的书排列整齐，显得格外精美。

这大概是亚久亚自己的房间吧。我和创也一本正经地跪坐在垫子上，不敢太随意。

"你似乎对我起名的能力有偏见啊。"创也突然开口说道。

"哪有。"我赶紧摇了摇头。

创也哼了一声，并不买账："起名要遵守一定的规则。比如小狗要叫汪汪，小猫要叫咪咪。"

没搞错吧？现在哪儿还有狗叫"汪汪"啊。

创也自顾自地接着说："给两个相似的人或物起名时也有规则。比如一对双胞胎，一个叫玲玲，那另一个叫什么？"

"丽丽！"

"一个叫青龙，另一个叫什么？"

"白虎！"

我的答案似乎变相地证实了创也的理论，他颇为满意地点了点头。

"给相似的事物起名时，要么用类似的发音，要么对仗。"

这个我明白，可他到底想表达什么？

"这就好像给家里的四个孩子分别取名为'梅''兰''竹''菊'一样，很直白，但方便记忆。那么——"创也伸出一根手指问，"假如一个叫风神，另一个叫什么？"

"雨神！"

听了我的回答，创也微微一笑。

真是搞不懂他……

"让你们久等了。灰尘太厚，我擦起来花了些时间。"

亚久亚捧着一个玻璃画框回来了。里面的地图有一整面报纸大小，以毛笔绘制而成，一看就比丽亚的地图更靠谱。

"你们看这里。"创也指了指围得村东边正好与风神屏风遥相呼应的位置。

"啊……"

那里果然用毛笔字写着"雨神屏风"。可是丽亚的地图上同样的位置只画了一口枯井，没有其他标注。

"原来还有雨神屏风……"亚久亚看着地图，喃喃自语。

"亚久亚，你不知道这件事吗？"我不解地问。

亚久亚点点头。

"她不知道也正常。雨神屏风在战争期间就损毁了，那时亚久亚还没出生。"创也说。

"那你是怎么知道的呢？"亚久亚问。

"当初看到丽亚的地图上画着风神屏风，我就怀疑或许还有雨神屏风。刚才金田先生指了一下飞机坠毁的位置，那个方向恰好与风神屏风东西相对。所以，直到那时，我才敢确定——"创也竖起一根手指，"围得村曾经有过雨神屏风。"接着，他又竖起另一根手指，"并且，它的消失与

金田先生的事故有关。"

听了创也的分析，亚久亚不由得感叹道："真是出人意料……"

"亚久亚，你知道这个地方现在是什么情况吗？"

"从小家里人就告诫我们不可以靠近那里，所以我也不太清楚具体的情况……"

据亚久亚所说，那附近似乎只有一些大小不一的岩块。看来曾经被称作"雨神屏风"的高大岩壁，如今只剩一些碎石。

"接下来纯粹是我的推测。"创也面朝亚久亚说，"第一，雨神屏风因为飞机爆炸而完全崩塌。第二，金田先生虽然在飞机爆炸之前逃了出来，却还是受了需要休养三个多月的重伤。"

亚久亚一边认真听，一边不住地点头。

"这两点让我想到，金田先生驾驶的飞机上可能载有一些威力巨大的东西，比如最新研制的炸弹。"

啊？这个结论是怎么得来的？创也的思维跳得太快，我有些摸不着头脑。

创也见我一脸迷茫，耐心解释道："如果金田先生在飞机爆炸之前就已脱身，那他为什么还会受那么严重的伤呢？想必是爆炸太过剧烈，连岩壁都能彻底炸毁。不过一般情况下，仅仅是航空燃料起火，威力不会如此巨大。因此，我推测那架飞机上载有新型炸弹。"

嗯，很有道理。可是，创也怎么知道这个炸弹是最新研制的呢？

"如果是普通炸弹，没必要遮遮掩掩的。"创也肯定地说。

围得村的雨神屏风崩塌，起因正是金田先生和他驾驶的飞机，而金田先生同时是《IN VADE》的玩家……

"创也，你说的这些和《IN VADE》有关系吗？"我问。

创也耸了耸肩。

"还不好说。"他用手托住下巴，陷入沉思，"丽亚创作了这场游戏的基本故事线，而小春会结合每一个玩家的实际情况来推进剧情。既然金田先生参加了游戏，是不是说明《IN VADE》的故事还有副线呢……"

这时，我突然回想起昨天我们在路边发现的那个诡异的头骨。

"创也，昨天那个头骨说不定也和游戏有关……"

说着说着，我的脑海中浮现出一个非常可怕的猜想：

围得村内藏着连环杀人狂，证据就是那个头骨。杀人狂嗜血成性，残忍地谋害了 32 个人——不，是 64 个，甚至是 128 个！总之，此人手下的冤魂肯定数不胜数。

杀人狂伪装成善良的村民来隐瞒身份。为了掩盖自己的罪行，他把尸体都埋了起来。至于埋到哪儿了，我猜应该是某个隐蔽的洞窟，比如有飞碟和外星人培养皿的那个。

不，不对，尸体应该被埋在了雨神屏风的位置。那里崩塌之后落石遍地，还堆积了不少泥土，又无人敢靠近。

这个杀人狂，究竟是谁……

我盯着面前的亚久亚——围得村的最后一位村民。

她为什么会孤身一人留在村子里呢?

因为她的真实身份是杀人狂……围得村有她犯下滔天大罪的铁证，她不敢轻易离开……

亚久亚注意到我的视线，歪过头疑惑地看着我。我赶紧双手撑地，悄悄向后挪了挪。

趁亚久亚离开房间为我们添茶时，我急忙对创也说:"听听我的推断。"

"不想听。"创也的态度十分冷淡。

也对，他肯定很难接受这件事。但有时真相难免是伤人的，必须勇敢地接受现实啊！

听完我的推断，创也严肃地说："'推断'指的是基于已有的事实推测未知的事实。与此相对，'臆断'指的是对自己的主观想象深信不疑。现在你知道自己刚刚说的那些属于哪一种了吗？"

"'推断'吧？"

听了我的回答，创也极为夸张地叹了口气，整个房间似乎都被这声叹息填满了。

就在这时，亚久亚回来了。

"亚久亚，这附近有面朝大海的悬崖吗？"

"啊？"亚久亚一头雾水。

创也解释道："刚才内人说了个很有意思的观点，说海边的悬崖是最适合跟真凶对峙的地方，所以我就想问问围得村有这种地方吗？"

创也又把我当笨蛋。

"不好意思……围得村在山里，周围没有海。"亚久亚有些抱歉地说。

"那我们将内人的'臆断'暂且放放，说回金田先生吧。"创也话锋一转，"刚才我说的内容也不算推断，因为证据不足，目前还只是我的'想象'。请注意，接下来我要说的事情也是如此。"

亚久亚点了点头。

"飞机爆炸带来的冲击不仅毁掉了雨神屏风，还影响到了围得村的地下。"

地下？

"围得村的地下水是在战时干涸的吧？"

"是的。"

"雨神屏风的崩塌就是原因——坍塌的基岩截断了地下水。"

涌泉干涸，村民便纷纷离开故乡。如果没有那场坠机事故，围得村也不会变成破败的荒村。

创也问亚久亚："你能原谅金田先生吗？"

亚久亚思考了一会儿，点了点头。

"我回到村里后常常会想，这里虽然只有我一个人，但除了我，还有大山、森林，还有阳光、空气、微风……哪怕有一天我不在了，这里不再有人生活了，这一切的美好也不会改变。"说到这儿，亚久亚抬起头，"涌泉干涸是天意，任何人都不需要为此负责。这不是金田先生的错，我也没有资格说什么原不原谅他。"

"龙神舍弃了村子"——这是村民们的想法。面对村子的衰落，大家平静地接受了现实。

我忍不住插话道："罪魁祸首是战争啊。要是没有战争，金田先生就不会驾驶装载炸弹的飞机来到这里，地下水就不会干涸，大家也就不用离开村子了。"

"内人，你先冷静。我刚才说了，目前这一切都只是我的想象而已。不过——"创也看向亚久亚，"我还是想谢谢你愿意帮助我们。"

创也低下头，郑重地表达了谢意。

第十一章
前往雨神屏风的路上

我们向亚久亚道谢之后便告辞了。创也走在我前面，脚步匆匆。

"要去哪儿？"

"当然是去雨神屏风。我总觉得那里藏着许多秘密。"

我们刚走下神社的台阶，堀越美晴正好迎面走来，手里还拿着一个水壶。

"原来你们真的在这里啊。听丽亚姐和朱利叶斯说你们在小卖铺，我还跑了些冤枉路。"美晴看着我们说。

"你怎么知道我们在这里？"创也说。

"是神宫寺先生告诉我的。"美晴如实回答。

我抬头看了看，果然鸟居的柱子和树叶之间有东西在阳光下闪闪发光。栗井荣太在这里也装了隐藏摄像头。

"你们去了水上小姐家？"美晴笑得有些勉强。

我们点了点头。

"啊，这样啊……"美晴低下了头。

我们一起向围得村的东边走去。创也走在前面，我和美晴并肩走在他身后。

真是幸福恬静的时光啊，要是没有煞风景的创也就更好了……现在要是有收废品的卡车经过，我一定毫不犹豫地将他丢进车斗。

"内藤同学，"美晴双手抱着水壶，目视前方轻声说，"大家是不是更喜欢像水上巫女那样成熟稳重的女孩呢？"

"啊？"

这个问题看似简单，实则极其考验情商。我想了好几分钟，才小心翼翼地给出了答案：

"嗯……每个人的想法都不一样吧。"

"哦。"美晴的反应则不咸不淡。

嗒嗒嗒……！嗒嗒嗒……！

这时，我的脑海中突然响起一阵明快的铜管乐器声，伴随着音乐，一个穿着燕尾服的男人拿着指挥棒入场了。爆炸头配上厚厚的眼镜片，要多怪有多怪。

"你谁啊？"面对这位不速之客，我不客气地问道。

男人将眼镜往上一推，做作地回答道："我是润色老师，是来帮你润色台词的。"

"什么?!"我目瞪口呆。

润色老师不知从哪儿拉来一块移动黑板,在上面一笔一画地写起板书来。

---

①嗯……每个人的想法都不一样吧。

②我觉得你更好。

③你是如此美艳动人!

"好,注意听!"润色老师用指挥棒敲了敲黑板,"这里有三句台词。①是你刚才说的,那我们就从这句开始讲。"

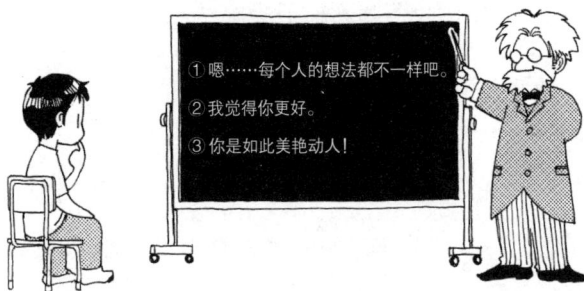

脑中的我认真地翻开笔记本。

"开头的'嗯'和句尾的'吧'是问题所在。这两个字暗示着说话人犹豫半天也没有找到合适的答案，只好找了个不出错的说法糊弄对方，让人感觉很不好。"润色老师拿出红色粉笔删去了"嗯"和"吧"两个字，"因此，只要将它们删去，就能扭转乾坤。"

润色老师又用红色粉笔在黑板上写下：每个人的想法都不一样！

"使用肯定句会让对方觉得你很果断，从而大大增强说服力。还有，句尾的感叹号千万不能忘了。"

原来如此，受教了！

"下面请跟着老师一起读：每个人的想法都不一样！"

"每个人的想法都不一样！"

"嗯，非常好。学会了这句话，你就能在对方心里留下机智果敢的印象。"润色老师满意地说。

接着，他指向台词②和台词③。

"②是例句。不管对方问什么，你都可以用'我觉得你更好'来回答。哪怕有人问你：'汉堡和拉面，你喜欢哪个？'你依然可以这么应对。等到能自然地说出这句话时，你就离及格不远了。"

我赶紧把这句话记到笔记本上。

"一个题外话——内人，你相信血型性格论吗？"润色老师问。

我摇了摇头。性格什么样怎么可能是血型说了算？每次遇到相信这种伪科学的人，我都会躲得远远的。

听了我的回答，润色老师仰天长叹："看来你离及格还差得远！就算装装样子也好，至少要和对方聊够5分钟才行啊！"

5分钟！这也太难了吧？！

我举手提问："可是，老师，创也也不信星座、血型之类的啊。"

这时，润色老师的眼镜闪过一道光。只听他徐徐开口道："内人，创也和你不是一个等级的，不管他做什么，大家都能接受。"

好残忍的世界……

不过，为了能和美晴多说几句话，我会努力提升自己，争取有一天能够笑着和她畅谈"据说B型血容易出天才"之类的话题。能屈能伸，这就是我——内藤内人！

润色老师回到正题："如果想要进阶，你可以尝试台词③。如果完美地掌握了这句台词，你就能和创也平起平坐了。

不过，这句话对初学者来说是一把双刃剑，使用起来要特别注意。"

我在笔记本上写下"**你是如此美艳动人！**"这句话，还不忘在旁边标了一个大大的"注意"。

"我会等着你及格的好消息。"润色老师掏出手帕，拭去眼角的泪花。

嗒嗒嗒……！嗒嗒嗒……！音乐声再次响起。

"哦，时间到了。再见！"润色老师拉着移动黑板，潇洒地离开了。

我望着老师的背影，恭敬地鞠了一躬，以表感谢。

"顺便说一下，"润色老师又侧过身来，"这首曲子叫《学院节庆序曲》，出自作曲家勃拉姆斯之手，请你务必牢记。"

不知为何，润色老师的语气让我想起了创也。

润色老师离开后，我低头沉思了一会儿，认为知识不光要记在脑子里，更要在生活中运用起来！

我将台词②在心中默念了数遍，才开口说道："我觉得你更好。"

然而，我身边空无一人。我抬头环顾四周，才发现美晴早就跑到创也身边去了。

原来，在我悄悄恶补的这段时间里，我身边的世界已经发生了天翻地覆的变化。刚才的努力化作泡影，我失望地垂下了头。

这时，美晴回过头冲我招手："我们在这边的树荫下休息一会儿吧！"

"来了！"我立刻打起精神跑了过去。

眼前这棵树高大粗壮，就算来 20 个小学生手拉手也无法环抱住，繁茂的枝叶为我们撑起一片阴凉。

美晴坐在树下的大石头上。仔细一看，石头上面还垫着一块淡蓝色的手帕。

"那块手帕是你的吗？"我问旁边站着的创也。

"什么？呃，是啊。"创也点了点头，似乎不明白我为什么要问这个。

原来这就是在不经意间展现自己的体贴……润色老师，看来我确实离优秀还差得远呢。

"要喝吗？"美晴打开水壶，往盖子里倒了一些橙汁，温柔地递给我。

"谢谢！"烦恼先丢到一边，现在还是来专心品味这杯美味的橙汁吧。

可橙汁还没到嘴边，就被创也一把夺走了。

"干什么啊？讨厌鬼！"我气愤地抱怨道。

创也不理我，径直问美晴道："你被外星人寄生了吗？"

"啊？"

我这才想起她吃了今天的早餐。

美晴缓缓张开嘴：

"你看出来了？"

美晴的确被外星人寄生了，她很快就承认了这件事。但是，创也是怎么发现的？

"因为你的行动有些不自然。"

创也又问："你知道我们要去哪儿吗？"

美晴摇了摇头。

"这不奇怪吗？正常来说，决定一起行动之前应该先问问对方打算去哪儿吧？不知道我们的目的地就选择跟着我们，说明背后另有隐情。"

不，等一下，创也！要是能和美晴一起行动，我才不管她打算去哪儿呢！

"另一个奇怪的地方就是你手中的水壶。那是普通的水壶吗？"

美晴点了点头。

"水壶并不是什么贵重的东西，一般人不会双手抱着它。从你的动作来看，里面一定装了很重要的东西。"

美晴沉默不语。

创也继续说："综合以上两点来看，你跟着我们，是为了让我们喝下壶里的东西。那里面究竟是什么呢？既然现在你已经承认被寄生，那我怀疑壶中的东西与外星人有关。这个结论很合理吧？"

回答创也的只有沉默。

"外星人寄生地球人的手段会是什么呢？直接进入体内？抑或是催眠术？总之，方法有很多。"创也举起那杯橙汁，"如果我没猜错，只要喝了这个就会被外星人寄生吧？"

仔细想想，美晴先把果汁递给了我而不是创也，也就是说，她想先拉我入伙？还是说，她不忍心看着创也被外星人寄生，于是先拿我当试验品？

呃，我想不明白。或许她只是单纯想请我们喝橙汁呢？

我举手向创也提问："天这么热，堀越同学请我们喝冷饮有没有可能只是出于好心呢？"

创也摇头说："没这种可能。如果是你说的那样，她就不必双手紧抱着水壶。现在冰凉的果汁都变温了，解暑效果也打了折扣。"

可恶，我竟然无法反驳……

"早上那碗味噌汤的味道真的很可怕。"这时，美晴终于开口了。

可怕……会是什么味道呢？

"放了很多很多糖。除了宿醉的丽亚姐没反应，大家都是刚喝一口就忍不住吐了出来。接着，神宫寺先生就突然出现了，还对大家说：'刚才喝到超甜味噌汤的人全都被外星人寄生了。'"

我有些庆幸。还好我的直觉准，没有傻乎乎地吃下那顿早餐。我试着回想了一下：当时在餐厅里的人除了我和创也，还有堀越父女、丽亚、朱利叶斯和柳川五人。现在这些人应该都被寄生了。

"神宫寺先生说，被外星人寄生的玩家将会被淘汰。如果想继续游戏，就要想办法增加伙伴。"

这就是她让我喝果汁的原因吗？

"那被外星人寄生后，该怎么复原呢？"我问。

美晴摇了摇头："神宫寺先生没提。"

好，那我就自己调查。我从创也手中抢回果汁，准备一饮而尽。

"你等等！"创也急忙阻止我，"你刚才不是听到了吗？喝了果汁，你就会被外星人寄生！"

这家伙真是个死脑筋。

我反驳道："那是游戏世界的设定吧？在现实中，果汁就只是果汁而已。我现在已经渴到嗓子冒烟了，所以我要喝掉它。"

"不行，你忍忍。"

跟创也完全讲不通。我正打算无视他直接开喝时，他却朝着树荫处大喊："游戏主持人！"

"你叫他也没用啊，他怎么可能刚好就在这里！"

我话音未落，神宫寺就从树荫里走了出来。这个游戏主持人怎么神出鬼没的！

"不可以耍小聪明。"神宫寺摇了摇手指说。

"好吧。"我将果汁还给美晴。

"倒掉有点儿可惜，我喝了吧。"美晴一口气喝光了果汁。

唉……

"到目前为止，我掌握了以下信息。"创也对神宫寺说，"外星人很久以前就来过围得村。村民看到天上的飞碟，误以为是龙神，这才有了龙神传说。"

"没问题，继续。"神宫寺抱起胳膊说。

"接下来，为了方便区分，我将这名外星人称作'奥尔德'。"

神宫寺皱了下眉头："这个名字有点儿问题。"

创也明显不悦起来："总比'涅提伍'强吧。"

要我说，这两个名字都不怎么样。

创也强忍着怒意继续说："奥尔德是没有肉体的意识体。他不断寄生在村民身上，一直活到了今天。"

"连背景的科幻设定都被你发现了，公主要是知道了，一定开心得要命。"

"昨晚坠落的是另一架飞碟。这名外星人是为了救奥尔德而来，我们把它称作'纽'。"

"我们叫它巴欧。"

"因为是来访者吧？"创也问。

"没错。"神宫寺笑了。

他俩起名字的水平果然半斤八两。

"为了方便讨论，我们统一一下外星人的称呼吧。"创也提议道。

"好啊。"神宫寺表示赞同。

两人都不甘示弱地瞪着对方。在剑拔弩张的气氛中，他们同时伸出右手——竟然玩起了"石头剪刀布"——创也出的是"剪刀"，神宫寺出的是"布"。

创也露出胜利的微笑，得意地继续说道："奥尔德伪装成了村民，所以只有两种可能——他是亚久亚或者柳川。排除亚久亚，奥尔德只能是柳川。"

"为什么排除亚久亚？"我嘴上这么问，心里则在警告他：你可别偏心哟。

"我没有偏袒她。"创也似乎看透了我内心的想法，"还记得吗？刚才我们在亚久亚家里喝了茶，茶没有怪味，神宫寺也没有出现，这说明茶里没有陷阱。"创也说着，看向神宫寺。

神宫寺点了点头，接着试探性地问道："那么，纽寄生到谁的身上了呢？"

"这个暂且不提，我先说完我了解到的信息。"

既然创也不说，那我来推理一下。

纽一定寄生在了去过坠落现场的某个人身上。柳川、堀越导演、金田先生和神宫寺都去过坠落现场，排除游戏主持人神宫寺和"奥尔德"柳川，还剩堀越导演和金田先生两个人。

我敢说，堀越导演肯定不是纽。他要是知道自己被外星人寄生，肯定会先痛苦地大喊："可恶的外星人！我怎么会输给你？！"弄得人尽皆知以后再丝滑地进入角色，四处挑衅地球人——这才是堀越导演的风格。

所以，纽是金田先生。但他沉浸在过去的回忆中，不愿继续参与游戏了。原来如此，这就是创也不想说出真相的原因……

"昨晚我们在栗旅馆的餐厅遭遇了外星人的袭击。我一直叫他'X'，但X其实就是奥尔德，也就是柳川。"

我在脑海中记下：X就是柳川。

"那个时候，奥尔德向我们展现了两种能力——操控重力和念动力[1]。"

"哦，那真是厉害啊。"神宫寺笑道，"不过，怎么才能

---

1 通过意念对物质运动进行干预的能力。——编者注

操控重力呢？以地球目前的科技水平，恐怕办不到吧？"

创也没有回答。不，他是根本答不上来。

"放火烧掉农具小屋的人又是谁呢？"

创也依然答不上来。

神宫寺放松下来，耸了耸肩："这下我放心了。你们还没有解开《IN VADE》的所有谜题。"

创也不甘心地咬紧牙关。

"别这么沮丧嘛，你能分析出围得村水资源枯竭的原因已经相当厉害啦。"神宫寺安慰性地拍拍创也的肩膀。创也好像更生气了。

"啊对，还有那个神秘的洞窟呢。飞碟制造工厂和外星人培养皿，你知道是怎么回事了吗？嗯……也许对你来说有点儿难了呢。"

创也攥紧拳头，拼命压抑着怒火。换作平常，他肯定早就变着花样地说出一箩筐冷嘲热讽的话了。辩论场上的常胜将军，今天竟然忍气吞声到这种地步……

我小声对创也说："亏你忍得住。"

"不必逞一时口舌之快，在游戏中赢过栗井荣太才是最重要的。"

说得真好！我很感动。

"接下来，给你们点儿提示吧。"神宫寺靠在树上说，"目前，只有部分玩家被外星人寄生了。如果你们直到最后都没有被寄生，那就算你们赢了。"

等等，我想到了一个好点子！

我举手发言："被外星人寄生就会进入外星人阵营，那如果所有人都被寄生，是不是算全体外星人胜利？这样的话，我们只要被外星人寄生，就能轻松获胜了呀！"

我得意地看了一眼创也，他却叹了口气说："内人，你别忘了玩家中还有卓也先生。他人都不在，外星人如何寄生在他身上？"

说得也是……

创也对神宫寺说："我有个办法。我们俩只要找个地方躲起来，不与其他人接触，也能百分之百获胜。"

"是啊。"神宫寺笑着说，"可是，你们不想只有自己获胜吧？"

我们点了点头。

创也问："怎么才能解救被寄生的地球人？"

"找出纽和奥尔德这两名外星人，并让他们亲口认输。"

"形容外星人能用'一名''两名'吗？"

神宫寺无视了我的问题。

"金田先生曾经来过围得村。选他当玩家，是游戏出错了吗？"

神宫寺听到创也的提问后，不置可否地耸了耸肩。

"你们自己判断吧，"他点燃一根香烟，"我只能说到这里。祝你们好运喽——别的忙我也帮不上。"

那还真是谢谢你啊，神宫寺……

第十二章
枯井中的大发现

我们和神宫寺分别之后，径直朝雨神屏风走去。

"哟，是你们啊！"堀越导演手持一架小型摄像机向我们走来。他抬头望了望天空，喜气洋洋地说："天气真好啊！"

我和创也静静地看着他。

我们已经知道堀越导演被外星人寄生了，他却不知道我们已经知道了这件事。（啊，好绕口……）

"哎呀，好久没举过摄像机了，好重好重。"堀越导演的语气就像在念台词，"想当年，我还举过比这更重的摄像机呢！唉，真是岁月不饶人啊。"

我和创也仍然没接他的话。

"对了，"堀越导演把摄像机对准我和创也，"机会难得，拍拍你们俩吧。"

"不必了。"创也抬手拒绝，我们俩迅速躲开镜头，"如果被这台机器拍到，灵魂就会被抽走，外星人就可以趁机进入我们的身体。是这个设定吧？"

"噫！"堀越导演被打了个措手不及，不由得发出怪声。

我小时候确实看过一部特摄片，那里面的外星人就是使用摄像机吸取地球人的青春的。

"不巧，我们已经知道您被外星人寄生了。"我说。

"啊——！"堀越导演吓得向后一仰。

"请您放过我们。等揪出外星人的真实身份，我们一定会帮助被寄生的地球人恢复正常。"

堀越导演压根儿没听创也说话，而是专心地演起了坏蛋："哼！没想到你们竟然识破了我的身份。地球的少年们，再会了！哇哈哈……！"

堀越导演大笑着跑远了。兴许是摄像机太重，他刚跑了十来米就停下来直喘气，然后偷偷回头瞄我们。

我们默契地移开视线，假装没看到他鬼鬼祟祟的样子。直到 5 分钟后，他才彻底从道路对面消失。

"就算不幸被外星人寄生，堀越导演还是这么快乐。"

听我这么说，创也赞同地点了点头。堀越导演让我们知道，幸福的真谛在于学会享受人生。

我们终于抵达了雨神屏风。

这里寸草不生，寂静空旷，目之所及皆是大大小小的石块。风呼啸个不停，就像在演奏一首悲伤的乐曲。

"应该没人会住在这里吧……"创也喃喃道。

明明是同一个村子，我终于明白为什么亚久亚说自己从没来过这里了。这种荒凉阴森的鬼地方，就算求我来，我也不来。

石块之中孤零零地立着一口井。我们走近一看，井上没有盖子。

"反正也没人来，所以就这么放着了吧。"

井底黑咕隆咚的，什么都看不见，不过倒是能闻到若有若无的青草香气飘出来。

"井水都干了吧？"我刚想这么说，后背就被人猛地推了一把。我和创也还没反应过来，就双双掉进了井里。

恍惚间，我突然想起《爱丽丝漫游仙境》中爱丽丝掉进兔子洞的场景。创也曾说："作者刘易斯·卡罗尔或许知道，在自由落体的理想状态下，瓶子不会掉落。"

"那会怎么样？"

"会浮在空中。从这个角度来说，《爱丽丝漫游仙境》比后来的爱因斯坦电梯思想实验[1]更加超前呢。"

---

1 指物理学家爱因斯坦为说明非惯性系中的运动现象而提出的思想实验：假设有一部理想电梯，因故障而发生自由落体。与此同时，电梯中的人松开手中的手帕和手表，会发现这两个物体由于不受到任何力的作用而处于静止状态。——编者注

创也说得起劲，我却摸不着头脑。读个童话故事还思考这么复杂的问题，那还有什么乐趣？刚想到这里，哗的一声，我的后背撞上了一团柔软的东西。

井底堆积的落叶像一张厚实的地毯，稳稳地接住了我们。

我抬头望向圆形的天空，没有看到偷袭我们的家伙。我让自己冷静下来，开始观察四周的情况。

我们离井口有十余米，但井壁上有许多地方凸起，看样子可以直接爬上去。

我扭头看向身旁的创也，只见他四仰八叉地躺在地上，眼神呈放空状态。

我赶紧摇了摇他："喂，创也！你还好吗？"

"啊，是你……没事，我好像做了一场梦。"

"梦？"

"嗯，我梦见自己追着兔子，掉进了一个洞里。"创也扶正滑落的眼镜。

追着兔子掉进洞里……

"没错，就是《爱丽丝漫游仙境》。"创也愉快地冲我眨眨眼，精神好得不正常。嗯，还是赶快找个医生帮他看看脑袋吧。

我担心得要命，创也却悠闲地伸了个懒腰："多亏这个梦，我想通了很多事。"

　　"是吗？太好了。"

　　至于想通了什么，他偏要跟我卖会儿关子。

　　"我们快点儿逃出去吧，还得带你去看医生……"

　　"看医生？"

　　"对呀，你的脑袋撞得不轻吧？"

　　听了我的话，创也的脸色立刻晴转多云。

　　"没礼貌！"

　　我长这么大还是第一次被人说"没礼貌"。不过看他这个样子，脑袋应该没大碍。

　　我问："把我们推到井里的人是谁？"

　　创也耸耸肩，又摇摇头。搞了半天，他不知道啊……

　　算了，好在我们都没有受伤，还是先想办法从这里出去再说。

　　我手脚并用，抓住井壁上凸起的地方准备向上爬，又想起还有个拖油瓶："创也，你爬得上去吗？"

　　创也笑得坦然："我希望你不要问这么显而易见的问题。你觉得以我的身体素质能爬上去吗？"

我更希望你说这种话时不要装酷。

我叹了口气。看来只能靠我了……

"那我先上去，然后用绳子把你拉上来。"

"你动作快点儿，我的肚子饿了。"

"……"

"怎么了？"

"没什么……"

提问：这是求助别人时应该有的态度吗？

当然不是了！干脆让他在井底待一晚上吧，让他好好反省反省。

我气急反笑，温柔地说："那你先在这里等我一下哟。"

说完，我便抓着井壁上凸起的地方向上攀爬。刚爬了没多久，我就注意到一个奇怪的东西。

"怎么了？"见我停住，创也疑惑地问道。

"这里有个横洞。"

井底光线太暗，我之前没看到这个洞，爬到旁边才发现它还挺大的。我侧身进洞，然后向下伸手将创也拉了上来。

"这里面空间不小啊。"创也一钻进横洞就站了起来。

他没说错，这里甚至足以容纳我们并肩行走。我往前望去，横洞的尽头隐没在黑暗中。

我将背上的包袱取下来，开始清点物品。

包饭团的报纸和铁制晾衣架可以一用。我先将报纸紧紧地卷成圆柱形；然后，将衣架拆开当作铁丝，一圈一圈缠住报纸筒，防止它散开；最后，在报纸顶端点火，一支简易的火把就做好了。

完成！

"关键时刻还得靠你啊。"创也佩服地说。

其实要是小卖铺有干电池卖，还能更省事。

我用火把照了照前方，发现这个洞非常深邃，一眼望不到头。前方吉凶未卜，正常人站在这里一定会犹豫不前。

然而——

"好，出发吧！"创也兴奋地迈开了步子。

我身旁这个家伙根本不是正常人……

横洞笔直地通向前方，没有岔路。

"它通向哪里呢？"闷头走了一段时间后，我小声嘟囔道。

创也停下脚步说："我一步大约 50 厘米长，目前为止已经走了 3249 步，也就是大约 1.6 千米。这要是在地面上，我们已经快走到村外了。"

哦！

听创也说得头头是道，我大为感动——这还是他第一次在"都市里的汤姆 & 索亚"系列的危急情况中发挥作用。回去后，我要在本子上记下此刻的感受：**因为你第一次发挥作用 / 所以今天是我们的 / 创也纪念日** [1]。

"对我改观了？"创也笑着问。

我诚实地点了点头。

创也边走边分析："这个横洞估计是个应急出口。因为一旦村口的隧道被堵住，村民就无法出入了，所以需要留一条秘密通道。如果有敌人攻进来，村民还可以从这里逃

1　此句模仿日本短歌诗人俵万智的代表作《沙拉纪念日》：因为你说"好吃"/所以七月六日是我们的/沙拉纪念日。——编者注

出去。为了保密，大人才会告诫孩子不要靠近这里……"

正说得起劲的创也突然停下了脚步。

我举起火把，发现横洞的侧墙上有一处凹陷的地方，里面摆着一排高约 30 厘米的地藏菩萨像。

1、2、3……

我数了数，一共有 8 尊。这是……?

"大概是为了纪念建村的 8 位落魄武士吧。"

我双手合十，对着 8 尊地藏菩萨像拜了拜。每尊地藏菩萨像的脚下都堆着很多石头，可能是为了防止雕像倒下。

创也伸手拿起一块石头，端详片刻，突然发出一声惊讶的感叹：

"啊——"

"怎么了?"我万分好奇。

创也将石头扔给我，我伸手接住，被它的重量吓了一跳。

怎么回事?！这块石头好重，像灌满了铅似的。

"还好过来看了看。"创也双手合十，对着地藏菩萨像一拜。他从来不信神佛，今天倒是稀罕。

我把石头还给创也，他顺势将石头装进了口袋。

我忧心地问："你把石头装进口袋里，不会被家人骂吗?"

创也困惑地看着我。

我解释道："你看，上小学的时候，回家路上碰到中意的石头，就会随手揣回家对吧？但是让妈妈发现了就会收获一顿臭骂，说'石头会把衣服弄脏'之类的。"

"……"

"如果侥幸逃过了妈妈的眼睛，就可以偷偷把石头藏在抽屉里了。你的抽屉里应该也有不少这种石头吧？"

"……"

"对吧……"我的音量逐渐变小。

"听清楚——"创也竖起食指，"刚才你说'中意的石头'——我对路边的石头从不感兴趣，所以你刚刚说的那些情况，我都没有遇到过，就这样。"

原来喜欢石头的只有我……寂寞的冷风拂过我的心口。

不过，既然不喜欢——

"那你为什么要把石头装进口袋里呢？"

创也露出神秘的笑容："关键道具当然要收好喽。"

嗯？搞不懂……

经过地藏菩萨像再往前，不远就是横洞尽头，不过洞口似乎在很久以前就坍塌了。

"走不通了。"

我们只好原路返回。

第十三章
黎明到来之前

我们离开横洞后，从井里爬了出来。

此时，天色完全暗了下来。创也看了一眼手表，已经晚上9点了。

离游戏结束还有15个小时……

创也对我说："帮我一个忙吧。"

我刚刚才用事先准备好的绳子把他拉上地面，难道正常人的第一句话不应该是"谢谢你救我一命"吗？

创也把哀怨的我晾在一边，意气风发地说："我已经集齐了需要的信息。现在，我要整理这些信息，揭开《INVADE》的谜底。"

哦哦！

"真的吗？不愧是你！"我脱口而出。

"所以我希望你为我准备一个可以集中注意力思考的舒适空间。"

"……"

"来到围得村，我才深切地意识到我只适宜在城市生存。如果不能待在凉爽舒适的空调房里，我的脑子就不会转。"

"……"

"怎么了？"

"没什么……"我勉强挤出一丝微笑。

我们之中确实是创也负责动脑。不过，为什么我就非得像个老妈子一样伺候娇生惯养的小少爷呢？

"我饿了。吃什么都行，你来定。"创也说着，拍了拍我的肩膀。

我甩开他的手："那不如回旅馆吧，还能好好吃顿饭。"

"你疯了吗？栗旅馆里的人全都被外星人寄生了，现在回去就等于把自己裹上面粉后跳进热油锅里。"

看来他确实饿得够呛，连打比方都是吃的。

"反正交给你了。"娇生惯养的小少爷说。

我深深叹了口气。

真拿他没办法……让一让，老妈子准备开工了。

总之，先离开雨神屏风，到森林里去吧。

接下来是挑选野营位置……嗯，森林里有面石壁，很适合小少爷靠在上面思考。

"妈妈"现在去准备夜宵，创也要努力学习哟。我在心里默念一番，开始张罗晚饭。

先找两个合适的地方生火吧。

附近有条小溪，可以保证用水。

难点是找容器。

我手里的小刀劈不动竹子，要是有锯子或者砍刀，就可以用竹子做容器了。这里无人居住，自然也不会有生活垃圾，也就是说，找不到空罐头之类的东西。我只好撕开素描本，用厚实的素描纸折出一个纸杯。

我往纸杯里倒了一些水，然后把它放在用铁制晾衣架编成的铁网上。接下来，我将醋昆布清洗后放进纸杯中，煮一会儿后再加入鱿鱼仙贝。很快，一股浓郁的香味从纸杯中飘出来，零食版海鲜汤就完成了。

我把创也叫过来品尝。他呼呼吹着热汤，刚抿了一口就直说"好喝"。这家伙平常到底有没有吃过好东西啊……

"光喝汤很快就会饿的，我还要吃主食。"娇生惯养的小少爷提出了新的要求。

"啊，我差点儿忘了。米饭已经做好了。"我指着另一处篝火说。

"好了？可那里只有火啊。"创也不解地说。

我小心地熄灭篝火，刨开火堆下面的土，取出两团还冒着热气的毛巾，将其中一团递给创也。

"蒸毛巾？"

哼哼哼，创也，你太没见识了。

"你打开毛巾看看。"

"哇！"创也发出欢呼。

这一刻，我突然理解了天下慈母心。她们就是想看到孩子惊喜的表情，才会用心烹调每道饭菜的吧？

"真是不可思议……你太厉害了。"

毛巾里面是蒸好的米饭。看到创也叽叽喳喳的雀跃样子，我便解释起了做法。

"因为没有容器可以煮饭，我只好用毛巾将就一下。做法也很简单，用浸湿的毛巾包住洗好的大米，然后埋到土里，在上面生火就可以蒸熟米饭了。"

创也埋头将米饭一口接一口地塞进嘴里，也不知道有没有专心听我说话。

就在这时，森林外传来一声惨叫。

"发生什么事了？"创也从米饭中抬起头。

"某人中了我设的陷阱。"

做饭的间隙，我抽空做了些防护措施。我改良了奶奶教我做的猎兔陷阱，在我们四周多处地方都设下了机关，以防外星人阵营来偷袭。偷袭者不会有生命危险，但多少要受些皮肉之苦。想突破所有陷阱来到我们身边，除非他们开着坦克。

"你不是说想集中注意力思考吗？这样你就可以专心解谜了。"

"这样啊……不过我已经找到谜底了，就等明天中午回栗旅馆结束这一切了。"

这样啊……那我也不用再扮演有求必应的老妈子了。

"饭吃完了，你把这里收拾一下吧。"

我让创也先把粘着米粒的毛巾洗干净。

"等明天早上再洗也不迟吧。"

"不行。这个也交给你了。"

我把捕鱼器递给创也。说是捕鱼器，其实是用大塑料瓶做成的简易版：把塑料瓶从中间切成两半，然后将上半部分倒着插进下半部分，再用烧红的铁丝在瓶子底部戳出许多小洞。

"把剩下的米粒装进去。"我意气风发地吩咐道。

全部收拾好后，我和创也躺在地上休息——我们中间隔着一团篝火。

我们谈天说地，从梦想中的游戏聊到有意思的电影，感觉就像毕业旅行的夜晚。聊着聊着，创也突然问起了我的家人。

"内人，你爸爸是做什么的？"

"非常普通的上班族，总是加班，忙着还贷——不过这也没什么不好。"

说起来，创也的爸爸是做什么的呢？我虽然好奇，却不敢直接问。之前听他说过，他的外婆是龙王集团的董事长，妈妈是总经理。那他爸爸呢？

要不要问呢……

正当我犹豫不决时，创也竟然主动开口了。

"我父亲偶尔才会回家。我不知道他具体在做什么工作，但我很尊敬他。"

这样啊……

在火光的映照下，创也的表情并不像平时那样冰冷，反而带着些孩童般的天真。

"母亲和外婆都看不上父亲，我却觉得他很棒。他从不借助龙王集团的力量，一直自力更生。我相信，有朝一日，他能够开创自己的事业，超越龙王集团。"创也的声音里透出些许斗志和喜悦之意。

篝火噼里啪啦地响着。

我问创也："所以你不想依靠龙王集团，也有这个原因？"

"……"

创也没有回答。

"创也？"

没听到回音，我便起身查看，这才发现他已经睡着了。

"……"

我抽出几根柴火，让火势变小。

除了时不时传来的惨叫声，夜晚的山林十分幽静。

我给创也盖了张报纸，然后也闭上眼睛沉沉睡去。

第三部

游戏结束，
真相大白

第一章
复盘时间到

第二天，宣告正午已至的钟声响起。

虽然村民都搬走了，但村公所旁的钟依旧兢兢业业地运转着。机器才不管有没有人听，只要没有损坏，电池电量充足，它就会一直工作下去。

"结束了吗……"我有些恍惚。

"嗯……结束了。"创也回答。

见创也灰头土脸的，我猜自己也好不到哪里去。不过这一觉睡得真舒服，周身的疲惫感一扫而空。

游戏结束，所有玩家在栗旅馆的餐厅集合。

森胁先生和金田先生都梳洗得干净整洁，显得神清气爽。柳川为他们端来两杯咖啡。

"我想喝卡布奇诺！越甜越好！"丽亚坐在金田先生旁边，举手向柳川点单。

"公主，摄入太多糖分会发胖的。"朱利叶斯冷哼一声。

"不要叫我公主，叫我姐姐！"

"游戏结束了，与此同时，你的可爱弟弟也消失了。"朱利叶斯的这口恶气总算是出去了。

"那这么说，我也能和美晴恢复父女关系了！"堀越导演想要拍拍女儿的肩膀，美晴却迅速躲开了。

亚久亚独自坐在一旁。神宫寺抱着胳膊，靠在门边。

创也在餐厅中央，和我并肩站着。我们已冲过澡，还换了身干净衣服。

仔细想想，我们难得住上新开业的旅馆，结果竟然没有一个晚上能在床上好好休息——昨天睡在深山老林，前天昏倒在餐厅的地板上。

啊哈哈……多么"愉快"的假期啊……

创也倒是心情颇好。他站在大家面前，高声宣布："It's a showtime（真相即将揭晓）！"

"《IN VADE》的所有关卡都宣告结束了。现在，我们需要对游戏进行复盘，以决定胜负。由我作为玩家代表发言，大家有异议吗？"

无人反对。创也微微颔首，继续说道："首先，我来确认一下各位玩家的现状。柳川、丽亚、朱利叶斯和堀越父女都被外星人寄生了，对吗？"

被点名的几人纷纷点了点头。

"金田先生，我可以当您弃权了吗？"

"嗯。实在抱歉，人老了就容易感情用事。"

"我如果是您，想必也会做出同样的行为。"创也抬手，示意金田先生不必道歉，"若剩下的三人——我、内人和森胁先生也被外星人寄生了，就算全体在场玩家获胜。"

这时，森胁先生举起手。

"我也中招了。外星人寄生的方式太恶心了，我实在不想回忆加了盐的咖啡是什么味道。"

"至少比超甜味噌汤强吧。"堀越导演说。

我觉得这两者都十分让人倒胃口。

一旁的亚久亚也开口道："还有我。你们离开神社之后，堀越先生来过，说要给我拍张照……"

这时，所有人的视线都落到了我的身上。

我挠着头说："不好意思，我没有被外星人寄生。"

有几个人叹了口气，让我感觉自己像是做了什么坏事，恨不得缩成一团。

"就算你们都被外星人寄生了也没用。别忘了，还有二阶堂卓也呢。"神宫寺说。

"可是卓也先生到现在也没出现啊。"我反驳道。

神宫寺摇了摇头："小春已经判定二阶堂是玩家之一，不管他在不在，都要算进游戏结果里。"

创也点点头表示接受。他问神宫寺："我想确认一下，如果没有被寄生的地球人能够揪出所有外星人，这场游戏是否仍然是全体玩家胜利？"

神宫寺点头。

创也接着问："到那时，外星人必须亲口认输吧？"

神宫寺又点了点头，创也满意地笑了。

"游戏开始不久，我就知道《IN VADE》中一共出现了两名外星人。"

我用手肘顶顶创也，小声问他："创也，外星人的量词是'名'吗？"

创也理都没理我。

"先来到围得村的外星人是奥尔德——这个名字已经得到了官方承认，因此接下来我会继续使用这一称呼。"

这次神宫寺没有点头，而是将头扭向另一边。

"奥尔德的肉体在漫长的宇宙旅行中逐渐消亡，他以意识体的形态来到地球——这个设定很有科幻气质。"创也的语气中带着赞赏。

"对吧对吧！"

丽亚欢呼雀跃，其他人却兴味索然。她顿觉扫兴，从包中掏出一块口香糖，丢进嘴里百无聊赖地嚼了起来。

"村民见到奥尔德乘坐的飞碟，误以为是龙神显灵，这才有了龙神传说。"创也娓娓道来，"数百年间，奥尔德不断变换寄生对象，一直活到了今天。为了回到母星，他打算制造一架新的飞碟。关于这一点，我和内人找到了证据：新造飞碟和用来克隆外星人的培养皿就在风神屏风附近的洞窟里。可以猜到的是，奥尔德克隆了自己，并让克隆体代替自己制造飞碟。"

"很像科幻小说吧？对吧对吧？"

大家对丽亚的话依然毫无反应。

"龙王同学，我可以打断一下吗？"堀越导演突然插话道，"其实……我被外星人寄生之后就一直跟在你们后面，所以我也看到了洞窟中的飞碟，还有你们说的那个什么'鸽笼'培养皿。"

我果然没有听错，当时的确有人跟着我们进了洞窟。

"不是'鸽笼'，是'克隆'。"美晴在一旁小声纠正。看样子，科幻设定把堀越导演难倒了。

"总之，我也看到了那个克隆培养皿。那个……那个应该不是真的外星人造的吧？"堀越导演战战兢兢地问。其实一直以来，我也有同样的疑惑。

"我知道这是游戏的世界，可这又不是电脑游戏，现实中怎么可能造得出那么大的飞碟和培养皿呢？就算能造出来，制造者又是如何把它们塞进那么狭窄的岩缝中的？地球科技根本做不到这些啊！我只能认为，这里有真正的外星人……"堀越导演惊恐地看着栗井荣太一行人，而神宫寺全程嘴角上扬，未置一词。

创也则显得很无奈："唉，堀越导演……错误的前提只能得出错误的结论。那并非真正的飞碟，只是朱利叶斯制作的模型。"

模型！对啊，我记得朱利叶斯在餐厅里摆弄过一个UFO塑料模型。

"但那个模型的直径只有30厘米左右，跟洞窟里那个完全不同啊。"我反驳道。

创也摇了摇头说："它们就是同一个模型，内人。"

"可……可是……它们的大小差得太多了吧！"

创也干脆地驳回了我的意见："我们是透过岩缝看见那架飞碟的。只要在那里选取一个合适的位置安装好放大镜，小巧的飞碟模型也能变成庞然大物。"

"……"

"而且现场又没有参照物，很影响观看者的判断。要是模型旁边有一枚硬币就好了。"

"为什么？"

创也耸了耸肩："将硬币放在物品旁边用来比较大小，这不是常识吗？"

原来如此……"常识"的深奥让我深感震撼。

"那个克隆培养皿又是怎么回事？你不会想说它也是模型吧？"堀越导演依然很疑惑。

"的确可以说是一种模型。那个培养皿的尺寸其实很小，里面凝胶状的物体也并不是什么外星人的克隆体，而是玉米淀粉。"

玉米淀粉？

"把玉米淀粉加水搅拌成糊状，再放到扬声器上使之震动，就可以再现我们看到的克隆培养皿。我可以为大家演示一下。"

说到这儿，创也问柳川："可以给我一些玉米淀粉吗？"

"为什么问我？"

"咦？我看到厨房的角落里堆着好几袋玉米淀粉，那难道不是为了制作克隆培养皿而准备的吗？"

"……"

"哦？难道是为了做菜准备的？那您用玉米淀粉做了什么？"

"好吧，等下做戚风蛋糕给你们吃。"柳川笑得狡黠。

创也轻轻点了点头。

我小声问他："怎么才能'气疯'蛋糕？"

"'戚风'是英语'Chiffon'的音译。戚风蛋糕是海绵蛋糕的一种。"

"……"

"懂了吗？"

创也又把我当成没常识的傻瓜了。不就是外语吗？我还会西班牙语呢！（虽然只会一句……）

"Amigo（朋友）!"

创也深深地叹了口气。

"言归正传。我们都知道，前天晚上又有一架新的飞碟坠落了。这架飞碟上也有一名外星人，官方名称是纽。"

神宫寺听了，又将头扭向别处。

"纽和奥尔德都是意识体。那晚我和内人悄悄离开旅馆去了坠落现场，据我们观察，当时在现场的人还有柳川、堀越导演、金田先生，以及游戏主持人神宫寺。"

"我之后也去过。"森胁先生补充道。

创也点了点头，继续说："后来，我和内人回到旅馆，在餐厅遭到了奥尔德的袭击。那时，奥尔德向我们展示了操控重力的能力和念动力。除了我们，还有人被奥尔德攻击过吗？"

堀越导演举起了手。

"哎呀，当时真是吓坏我了。外星人穿一身黑色衣服，还拿着个奇怪的机器，不知道怎么搞的，重力就消失了！我亲眼看到苹果飘浮在空中，太吓人了……"

"您是在哪里遇袭的？"

"餐厅。我肚子饿了，去找点儿东西吃。我刚拿了颗苹果，门口就突然冒出个黑影。我吓得手一松，结果苹果竟然没有掉在地上。"说到这里，堀越导演收起了夸张的表情，

"那人应该是真正的外星人吧……地球人可做不到这个。"

创也点了点头："没错，以地球目前的科技水平来说，人类确实无法操控重力，但人为创造出失重状态是有可能的。"

什么？！

"真的吗？"我半信半疑。

"真的，你回想一下我们掉进枯井的时候……"

枯井？啊！

我的眼前仿佛出现了一部爱因斯坦假想电梯，爱丽丝正站在里面冲我挥手。

"举个例子吧。当人处于正在坠落的飞机、电梯中，或者在高空跳伞时，即使松手，手里的苹果也不会掉在地上——不，准确来说，是因为人和物体都在下坠，两者相对静止，所以物体看上去像在飘浮。总之，人处于自由落体的状态时，就能体验到类似失重的感觉——说是'自由落体'，实际上并不自由。"

我想了想，理论上的确说得通，然而现实中有一个巨大的问题——

"我们是在房间里啊，又不是在坠落的飞机中。"

"是啊，不是飞机，而是电梯。"创也咚咚地踩了两下地板，"我们脚下有个几百米深的隧道，而奥尔德手里的机器可以控制这间餐厅，使其像电梯一样下落。"

"……"

"你还记得那时房间突然变得漆黑一片吗？这个房间有窗户，就算停电，月光也能照进来。光线完全消失，只能说明房间落入了地下。"

呃……创也这番话太过抽象，我实在难以想象，只好画图来辅助理解。

"要是真像电梯一样直直地坠落，房间里的人肯定会有

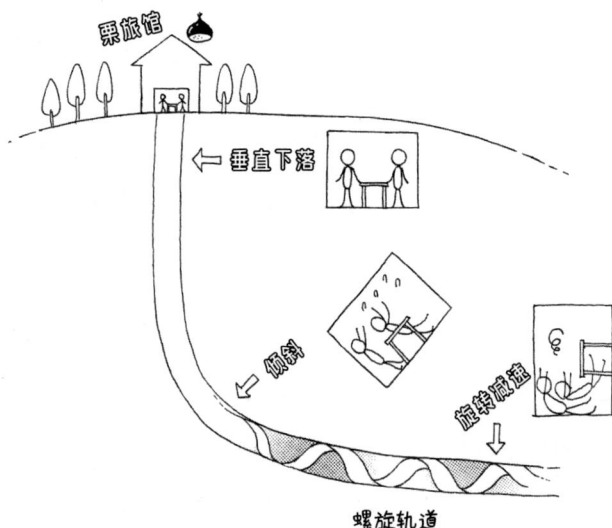

生命危险，因此栗井荣太精心调整了隧道的形状。房间下落几百米后会慢慢倾斜，进入一条横向隧道。为了降低速度，此处的轨道被设计成了螺旋状，房间就像手枪里的子弹一样依靠旋转减速。在这个过程中，房间里的人和未被固定的物体就会不受控制地翻滚，撞到墙和天花板上。"

原来如此……我还以为那是外星人的念动力造成的。

我推了推面前的餐桌，果然纹丝不动。

这下我终于明白餐桌为什么被固定在地板上了。这么大件的东西，要是到处乱滚，不知道有多危险呢。这也是餐厅家具少的原因吧。

"某主题公园也有类似的游乐设施，也许是这个装置的灵感来源。"

"喂喂，不要小看我们。早在那个主题公园开放的三年前，我们就已经设计出了《IN VADE》！"神宫寺当即反驳道。

"恕我失礼。"创也低头致歉。

"可是，创也……"我还是无法接受这件事，"要是房间在下落，我们怎么可能感觉不到呢？"

"别太自信。"创也冷静地说，"假设你坐在一辆静止的列车里，这时旁边恰巧有另一辆列车快速驶过，你也会误以为是自己这辆车在动，对吧？"

确实……

"如果明说这是一部电梯，你可能很快就会发现外星人超能力背后的真相。因为你很清楚电梯能够上下移动，也能制造出短暂的失重状态。但房间就不一样了，你不会认为房间会移动，更别提自由落体了，而栗井荣太正是抓住了玩家的这个心理盲区。"

说得对，这下我彻底明白了。

堀越导演双手抱头，懊恼不已："我还以为真有外星人呢！我还那么努力配合，原来这一切竟然都是假的……"

"竹篮打水一场空。"

听到创也的话，堀越导演再不复往日的活力，无精打采地垂下了头。我这才注意到他的脸上和手臂上都贴满了创可贴，还有星星点点的红花油的痕迹。看来他昨晚为了接近我们，吃了不少苦头。

这时，神宫寺开口了："最关键的问题还没解决呢——奥尔德是谁？"

"我之前就说过，奥尔德是栗旅馆老板柳川。"

"你的根据是……？"

"根据设定，奥尔德早就住在村子里了，因此在场的玩家中只有柳川和亚久亚有嫌疑。"创也看向亚久亚，"但亚久亚可以排除，因为她给我们喝的茶并没有怪味。她若是奥尔德，当时肯定会趁机在茶里加香菜汁，而不会白白浪费这个下手的好机会。"

这下大家的视线都集中到了柳川身上。

"没错，奥尔德正是柳川。"

啪！柳川捏碎了一个马克杯。

"暴露了吧！你这个坏外星人！"堀越导演大喊着跑出餐厅，回来时手里多了一条麻绳。没等大家反应过来，他已经麻利地把柳川绑在了椅子上。

"那个……游戏已经结束了呀……"丽亚出声阻止，可堀越导演被愤怒冲昏了头脑，什么都听不进去。

"搞定！"

堀越导演满意地擦了擦额头上的汗。柳川连人带椅横躺在他脚边，动弹不得。他幽怨地望着神宫寺说："为什么要这么对我……"

"堀越先生就是这样的性格。"神宫寺掏出手帕擦了擦汗，"你别急，我想先听听纽的真实身份。"

"这个嘛——"

我还在兴冲冲地等着创也揭晓答案呢，谁知他突然坐到了椅子上。

"就交给我的朋友内人了。内人，接下来就看你的了。"

"啊？"这句话简直比突击小考还要突然，我瞬间慌了手脚，"什么看我的，我没什么可看的啊！"

"你没认真听吗？请你为大家揭露纽的真实身份。"

"为什么让我说啊？"

创也笑而不语。

真是服了他了……扮演侦探难道不是他的工作吗？

第二章
侦探内人登场

"不要慌，没什么好怕的。"

每当这种时候，奶奶就会出现在我的脑海中。

"可是，我从来没当过侦探……"

听了我的话，奶奶连连摇头："内人，想想和奶奶进山的时候。"

进山？这和当侦探有什么关系？

"还记得吗？设置陷阱时要注意什么？"

哦……我想起来了！

"要换位思考，从猎物的角度看事情！您跟我说过，设陷阱之前要想象猎物会做什么，以及怎么做。"

"没错。"听了我的回答，奶奶温柔地笑了。

"可是，这对当侦探有什么启发呢？"

"你不是创也的搭档吗？站在他的角度来看事情就可以了。"

"您说得容易……可我能做到吗？"

"当然可以，你可是他的好朋友啊！"奶奶留下这句话便打算离开。

"啊，还有一件事。"奶奶又回过头来，"侦探解谜的时候都会用'那么'作为开场白，你试试看。"

谢谢您，奶奶。我满怀感激，挥手目送奶奶离开。

"你怎么了，内人？"创也看我突然走神，摇了摇我的肩膀。

我淡定地拨开他的手。

"不必为我担心。"

"……"创也脸色一变。

好端端的，生什么气啊，难道我说错话了？

"抱歉，借我一用。"我伸手摘下创也的眼镜。

戴上这副酒红色镜框的平光眼镜，眼前的视野……并没有变得更清晰，但我的思路似乎变得更清晰了！

"我能猜到你想做什么，并且你的行为必然会让我感到非常不快。你过来，让我先提前揍你一拳。"创也的眼睛里燃烧着熊熊怒火。

"这想法真是野蛮，不像你的风格。历史已经证明，暴力不能解决任何问题。"我摊开双手。

创也被噎得说不出话，只好闭上了嘴巴。

现在到我登场的时候了。

"那么……"

"在场各位中，谁最有可能是纽？"我举起食指。

看到我的动作，创也不屑地冷哼一声。我不理他，继续分析。

"首先，是当天晚上去查看坠落现场的四人，即柳川、金田先生、堀越导演和神宫寺。其次，是之后独自去的森胁先生。"

我看向森胁先生，他点了下头，以示回应。

"首先，排除金田先生。如果金田先生是纽，那么游戏主持人是不会允许他随便弃权的。"

金田先生和神宫寺对我的结论表示赞同。

"其次，排除柳川，因为创也已经证明他是奥尔德。"我拍拍创也的肩膀以示表扬，他却嫌弃地甩开了我的手。

"我是奥尔德，我认输了，放开我吧……"

没有一个人理会柳川的请求。

"最后，只剩森胁先生和堀越导演。请大家回忆一下，森胁先生刚才说过一句话：'我也中招了。'"我望向森胁先生。

"嗯，我喝到一杯加了盐的咖啡，然后游戏主持人就宣布我被寄生了。"

我点了点头，继续说："也就是说，他是被寄生的对象，而不是寄生者——纽。这样一来，事情就很清楚了——嫌疑人只剩一个！"

我做出手枪的手势，利落地把"枪口"指向堀越导演。

堀越导演猛地站了起来。

"我……我不是纽！"

"不必挣扎了，堀越导演——不对，外星人纽！"我厉声道。堀越导演吓得浑身发抖，向后退了几步。

我指着柳川说："现在大家知道为什么堀越导演要把柳川绑起来了吧？他为了自证清白，竟然不惜牺牲同伴！"

胜负已定！

哎呀，没想到当侦探并不难嘛，以后偶尔替创也当几回也不错……咦，可是这样的话，创也还有什么存在的意义？算啦，不用纠结，大不了把书名改成"都市里的汤姆"就好了嘛。

我刚回过神来，就看到美晴已经抄起了绳子，把堀越导演一圈一圈捆成了粽子……好一幅父慈女孝的画面。

这时，刚刚还在鬼哭狼嚎的堀越导演突然停止了挣扎，愣住了。

"说起来，我也是被寄生的！我喝到了超甜的味噌汤！对吧，主持人？"堀越导演问神宫寺。

神宫寺点了点头。

那……也就是说……

"堀越导演不是纽。"创也的声音冷得像冰。

"……"

我看到自己的右手在颤抖，这说明我的心也在动摇。

不，还不能认输！再给我一次机会！

可是，如果堀越导演不是纽，那谁是呢？

我再次细数去过坠落现场的人……经过一一排除，终于找到了——只有他，符合所有条件！

"哈哈哈……"

我露出胸有成竹的笑容，环视着众人。

"刚才只是热身，接下来才是正经的！各位请听好，纽的真实身份——"我抬起手，"就是你！"

我的食指指向神宫寺。

创也无奈地用手捂住脸。这个动作的潜台词一般是：真是服了你了。

呃……我说错了吗？

"我可是游戏主持人，我要是纽，就严重违反了游戏规则。"神宫寺摇摇手指。

"是这样吗？"我问创也。

创也沉默着点了点头。

啊——！

所有人都被排除了，岂不是纽根本就不存在？！

我又一次梳理起坠落现场的情况。柳川、堀越导演、金田先生、神宫寺，还有森胁先生，都不是纽……纽难道没有寄生在坠落现场的任何人身上吗……

咦，我为什么知道坠落现场有这些人？

因为我和创也也去过坠落现场！但我没有被寄生，也就是说……

我伸出手，颤颤巍巍地指向创也："你是纽吗……"

我的从容消失了，我的果断也不见了，我就像刚上幼儿园的孩子问老师"我可以去洗手间吗？"一样，内心充满迟疑和不安。

创也则满不在乎地耸了耸肩："你居然现在才发现。"

"刚才那些莫名其妙的臆断让我听得心烦意乱，我从没想过自己会如此需要一支手表型麻醉枪。"创也向我投来锐利的目光。

我的精彩推理竟然被他说成是"臆断"，真可恶啊！

"可惜今天没带蝴蝶结变声器，只好耐着性子听你胡说八道。"

好吧……你说的话都对，我无力反驳。但有件事我要先问清楚。

"创也，你是什么时候被纽寄生的？"

"UFO坠落的当晚，我们不是分头寻找前往裂缝的路吗？就是那个时候，我碰到了神宫寺。他拍了拍我的肩膀，说：'抓到你了。'见我不明白，他又给了我几小袋盐、糖和胡椒粉，解释说：'巴欧寄生到你身上了，接下来看你的喽。'意识到'巴欧'是来访者的意思时,我真的感到了毛骨悚然。"

"游戏主持人可以这样参与游戏吗？"

创也闭上眼，叹了口气："没办法，因为纽是意识体，要是游戏主持人不出面告知，被寄生者无从得知，游戏就进行不下去了。"

"我还有一个问题——为什么你不想寄生我呢？"

"我想啊！"创也愤怒地大喊，"我试过好多次，谁知道你小子这么走运，我碰过的东西，你居然一口都没沾，真是了不起！"

是吗？嗯……我怎么不记得创也给过我吃的？都是我给他啊。

"你一到山里就如有神助，我想想便放弃了。再说还有卓也先生呢，我可不敢动他。"

我在心中暗自感谢奶奶。

"你是在场唯一一个幸存的地球人，所以必须由你揭穿纽的真实身份。只有这样，大家才能获救。"

原来如此，我竟然肩负如此重任，迟来的压力令我胆战心惊。

"不过所有外星人都被抓到了，这结局也算是皆大欢喜吧！"

听了我的话，神宫寺摇了摇头："还没结束呢。"

啊？这之后还有什么吗？

"被揭露出真实身份的外星人还没认输呢。"神宫寺说完，直勾勾地盯着创也。

我陷入沉思。创也被纽寄生了，这意味着两种结局。

结局一：有幸存的地球人，创也作为外星人，判输。如果有人揭穿了创也的真实身份，那他就必须亲口认输。

结局二：没有幸存的地球人，创也判赢。

但创也被外星人寄生，心里总归有些别扭，会觉得赢也赢得不光彩。更何况他还得想办法寄生卓也先生，这根本不可能做到，所以"结局二"不可能出现。

总之，对创也来说，一旦被纽寄生，局面就会变得十分不利。

栗井荣太打得一手好算盘啊，不管结局如何，创也都不会称心如意。他们的心眼也太小了吧！

"怎么样，你说还是不说？"神宫寺步步紧逼。

一滴冷汗顺着创也的脸颊缓缓滑落。

"快！"

创也已经无路可逃，他低下头，从喉咙里挤出蚊子叫似的声音。

"我认输……"

"太好啦！"

神宫寺和朱利叶斯双手握拳高高举起，欢呼着庆祝胜利，就连被绑在椅子上的柳川也得意地笑了。只有丽亚一脸无奈地看着他们三个，轻轻叹了口气。

第三章
游戏漏洞

这算赢了，还是输了呢？我总感到有些不痛快。不过，《IN VADE》总算是结束了。

呼——好，赶快收拾收拾回家吧。

我起身准备回房间打包行李，然而创也依旧稳稳地坐着。他不会想让我一个人收拾吧？

"还没结束呢，坐下吧，内人。"

啊？什么意思？我疑云满腹地坐回椅子上。

这时创也缓缓开口道："接下来，我们处理一下游戏的漏洞。"

漏洞？

"实在抱歉，龙王同学。我中途弃权，影响大家的游戏体验了。我会尽力弥补，请问我该怎么做？"金田先生真诚地看着大家，低头致歉。

"我不是在说您。多亏了您，我们才获得了有关雨神屏风的重要信息，您对《IN VADE》来说是不可或缺的。"创也的眼神依次扫过餐厅中的每个人，"我说的漏洞，指的是偏离游戏设定，擅自采取行动的人。此人在游戏进行过程中两次加害我和内人：第一天晚上点燃了我们藏身的农具小屋；昨天又将我们推到枯井里，幸好井底有厚厚的落叶，我们才没有受伤。"

"……"

"游戏主持人神宫寺曾亲口承诺，《IN VADE》不会伤害玩家。也就是说，这些危险的举动并非游戏的一部分。"

"可是我不明白，"我问创也，"为什么漏洞要害我们呢？"

创也被盯上也就算了，我可是每天谨言慎行、广结善缘的正人君子，从来没得罪过任何人啊。

嗯？创也被盯上也就算了……

对啊，我知道了！

"漏洞是卓也先生！小春当时说卓也先生会来，搞不好他不是玩家，而是漏洞！"

创也虽然摇头否定了我的观点，但脸色变得有些发白。

"漏洞不是卓也先生。"创也用略微颤抖的声音坚持说下去，"请你仔细想想，要是卓也先生想动手，我们连怎么死的都不知道。他随随便便就能把我们连同小屋一起撕碎，根本不需要点火。"

确实……

"而且卓也先生没有动机，我们一直相处得很好。"

我盯着创也的脸不说话，直到他困惑地问我："怎么了？"

"我在目测你的脸皮厚度。"

创也不满地哼了一声。

嗯……如果漏洞不是卓也先生，那会是谁呢？我苦思冥想，还是找不到头绪。

"这个人伪装成游戏玩家，实际上另有目的。"创也伸出食指，"漏洞，就是你。"

创也的手指指向了森胁先生。

沉默笼罩了整间餐厅。

坐在森胁先生旁边的美晴拖着椅子往远处挪了挪。听到椅子发出的咯吱声，森胁先生才终于开口。

"为什么说我是漏洞？"他歪着头，"啊，我懂了。那个导演是你们的熟人，女孩和老人又无法摸黑爬山路追杀你们，这样一排除，就只能是我了。"

森胁先生点燃一支烟。

"这个结论也太草率了。那边地上的柳川，还有神宫寺，他们一样能跟踪你们啊。"

创也摇着头说："我有证据。内人和我说过你们初遇时的情形，从那时开始，我就怀疑你并不是普通玩家。"

"哼，开始胡说八道了……"森胁先生不屑地笑了。

我也觉得创也在强词夺理。森胁先生当时看上去很正常，硬要说的话，反而是倒立的我更可疑。

"那么，请问你来围得村的目的是……？"创也问。

"这还用问吗？我当然是来玩游戏的。"

"你是从哪里得知这个信息的？"

"从网上。"

"第一次来围得村？"

"对啊。"

得到肯定的答案，创也点了点头："果然，你在说谎。"

森胁先生露出讥笑："小朋友，不可以随便污蔑别人哟。你凭什么这么说？"

"刚才你说你是第一次来围得村，但事实并非如此。你不仅来过这里，还对栗旅馆的位置十分熟悉。"

"证据呢？"

"你没有看地图。看过地图的人都会走错路，拐到墓地那条路上。可你没有走错，说明你早就来过这里。"

"……"森胁先生没来由地打起岔来，"你知道隐者之紫[1]这种超能力吗？"

然而，创也没有接他的话。

"既然你无法提出有力的反驳，那我就默认以上都是事实了。所以，你什么时候来过这里？"

没等森胁先生回答，创也转而问亚久亚："要是村子里来了陌生人，你应该不会不知道吧？"

亚久亚点了点头："但我两年前才回到村里，之前的事，我并不清楚。"

"不要紧。既然森胁先生认识栗旅馆，说明他初次造访围得村的时间并非很久以前。"

森胁先生静静地听着，没有说话。

"为了搭建《IN VADE》的游戏场景，栗井荣太曾对围得村进行过一番施工改造，栗旅馆也是在那时才建成的。我推测，森胁先生正是作为施工方的一员来过这里。我说的话对吗，森胁先生？"

听到这句话，森胁先生摊开手，不再嘴硬。

---

1 日本漫画家荒木飞吕彦所作漫画《JOJO的奇妙冒险》中的超能力，拥有该能力的人可以通过照相机或其他媒介看到远处的景象，也可寻路。——编者注

121

"你说的这些都对，我承认自己曾经来过围得村。可即便我在这件事上撒了谎，也不代表追杀你们的人就是我啊。"森胁先生看向创也，"我们是第一次见面吧？我为什么要对两个素不相识的初中生下手？"

怎么样？没话说了吧？森胁先生的脸上浮现出从容不迫的微笑。

"你的目标是这个吧？"创也从口袋中掏出一块石头。啊，是我们掉入枯井时，他在横洞里捡的那块！这么重的石头，他竟然一直揣在口袋里。

"石头？我可没兴趣。"森胁先生冷冷地说。

创也走到森胁先生面前，将石头重重地砸在餐桌上。

哐！

"这下你还会说没兴趣吗？"

石头表面被磕出一个缺口，露出夺目的金色。

"这可是你不惜杀人也要得到的金块啊！"

创也将被伪装成石头的金块轻轻放在森胁先生面前。

"你从某处得知了围得村的历史，相信武士们的财宝至今仍然沉睡在大山里。于是，你趁施工的机会走遍了围得村的各个角落，却一无所获。施工眼看就要结束，你心里肯定很着急吧？毕竟工程结束以后，你就没有借口继续留在这座荒村里了。"现在轮到创也进攻了。

"……"

"谁知天赐良机，围得村要作为《IN VADE》的游戏场地。你立刻报了名，打算边玩游戏边寻宝。"

森胁先生对创也的话毫无反应，只是死死地盯着餐桌上的金块，眼里只剩下空洞。

"前天晚上，你在帐篷里听我们说起风神屏风处有个小洞窟。此前你走遍了围得村都没有找到财宝，现在听说村里有个位置隐蔽的洞窟，自然认为财宝就藏在那里。"

"……"

"当时，知道洞窟位置的只有我和内人。于是你想到，只要将我们灭口，确定财宝的位置之后再把洞窟填起来，就可以神不知鬼不觉地独吞财宝了。我说的对吗？"

"等一下！我有疑问！"我举手问创也，"你说得简单，村里又没有大型机械，光靠人力怎么把洞窟填住啊？"

"不需要机械，森胁先生带着火药呢。对吧？"

森胁先生没有回答。

"火药……村口隧道的坍塌不会是……？"

"是森胁先生的手笔。"

原来如此……

创也言归正传。

"但你的计划落空了。我们没有死，洞窟里也没有财宝。你应该很失望吧？"

想来想去，我还是无法接受这个解释。准确地说，是我无法理解为什么会有人为了传说中的宝藏，甚至不惜犯下杀人的罪行。

我对创也说出心里的想法："可是，落魄武士的财宝不是传说吗？就像圣诞老人的礼物一样。怎么会有人相信这个呢？更别说因为这种理由杀人了，太傻了吧。"

谁知回答我的却是森胁先生。

"历史上可能也有人这样质疑过海因里希·施里曼[1]。"他又拿起餐桌上的金块问创也，"你在哪里找到这个的？"

"你推我们下去的那口枯井里。井壁内有一个横洞，里面供奉着 8 尊地藏菩萨像。这块石头就在菩萨像的脚边。"

森胁先生若有所思地点了点头。

创也继续说："当时的村民在金块表面裹上细沙，把它们伪装成普通的石块。只有捡起来仔细看，才能察觉到背

---

1 德国考古学家，因坚信《荷马史诗》中描绘的特洛伊古国并非虚构，毅然投身于考古事业，后成功发掘出特洛伊古城的遗迹。——编者注

后的玄机。"

原来如此……难怪我觉得那块石头格外重，原来是金子啊。

森胁先生盯着金块，叹惜不已："我下到那个井里调查过无数次。我也看到了那几尊地藏菩萨像，而且直觉告诉我财宝一定就藏在那里……只可惜，我没有拿起那些石头看一眼……"

说着，他将视线移到创也身上："你这小子真够敏锐的，完全不像个普通的初中生。要是我能像你这么聪明，我的人生也不会变成如今这样吧。"

"刚才你说我的计划落空了，对吧？"森胁先生站了起来，"那是个好计划，稍作修改就可以继续用了。财宝的位置，我已经确定了，接下来只剩一件事。虽然要灭口的人数增加了，不过没关系，我有的是子弹。"

森胁先生从口袋里掏出一把乌黑锃亮的手枪。

"现在，所有人都站到墙边排成一排吧。"

第四章
成败在此一举

面对黑洞洞的枪口，我依旧镇定自若。

"别装模作样了，快拿出来吧。"

我用手肘顶顶创也，他却呆滞地回望着我。

"什么啊？"

"当然是对策啊，对策！"

我都说得这么明白了，创也还是一脸迷茫。

"哎呀，我的意思是你既然解开了谜团，还当面揭穿了漏洞的真实身份，那你肯定是胸有成竹了呀。阴谋败露以后，坏人肯定不会乖乖束手就擒啊，你看森胁先生都把枪拿出来了，我们也该拿出对策了吧！"

创也恍然大悟，啪地拍了一下手。

"我没有对策。"他云淡风轻地说。

啊？……啊？！

"我解开了谜题，属于侦探的工作就结束了。电影和小说里不也是这样？侦探找出犯人以后，对方就会哭着自首，然后迎来大团圆结局。"创也说得漫不经心，把自己的责任撇得一干二净。

啊，我的头好痛……我耐着性子问他："还得把凶手逼到海边的悬崖上是吧？"

创也点了点头。

"但有时也会遇到不肯投降的家伙啊。"

"嗯，到那时候，现场的警察会负责处理的。"

没错，没错。

"可是你睁开眼睛给我看看，现在这里有警察吗？"

听了我的提问，创也环视四周。很快，恐惧爬上了他的脸庞，他开始抱头大喊："啊啊啊！"

接下来的这句话，我已经对他说过无数遍了。事实证明，他从来没有吸取过教训。

"你这个冒失鬼！大笨蛋！"

"和朋友说完临终遗言了吗？"森胁先生插嘴道。

我有两处想纠正他：第一，我不想承认这个大笨蛋是我的朋友；第二，是"临终遗言"这四个字，要是森胁先生不愿意修改这个词，恐怕我们都难逃一死……

我偷瞄了一眼森胁先生，正好对上他疯狂的眼神，我一下明白了现在不是跟他商量措辞的好时机。

"我跟你们相处的时间并不长，但过得很充实。永别了，各位。"

这时，堀越导演急忙开口："等等！你的肚子不饿吗？"

森胁先生向窗外瞥了一眼："哦，已经这么晚了。"

山上日落得早，此时天色已经完全暗了下来。也是听堀越导演这么一说，我才想起我和创也这两天还没吃过一顿像样的饭呢。

堀越导演接着对森胁先生说："你一直住在帐篷里，肯定没法好好吃东西。我们给你做些正经饭菜，你吃饱了再解决我们也不迟啊。"

"嗯……"森胁先生想了一会儿，"没关系，解决了你们以后，我可以自己去做饭。"

"不不不……"堀越导演连忙摆手，"自己给自己做饭，那也太寂寞了！还是让老板给你露一手吧！"

堀越导演说着蹲了下来，准备给躺在地上的柳川松绑。

好样的，堀越导演！柳川擅长格斗，连卓也先生都要敬他三分。所以对方哪怕有枪，应该也能被柳川轻松撂倒。

眼看堀越导演的手就要碰到绳子了，森胁先生却将枪口转向了他。

"不许动。那个柳川好像很能打吧？我劝你离他远一点儿，别动歪心思。"

他知道的还挺多……唉，堀越导演想出的好点子就这么泡汤了。

不，等一下。一开始到底是谁把柳川绑起来的？正是堀越导演。要是没有他多此一举，我们现在也不会这么惨。我对堀越导演的好感瞬间归零——这个拖后腿的家伙！

我又瞥了一眼神宫寺，谁料他缩了缩脖子："不巧，我也是走脑力路线的。"

好吧，拖后腿的家伙又多了一个。

对了，这个餐厅不是有机关吗？房间突然自由落体，森胁先生肯定会被吓一跳，到时候我们就能趁机反攻了！

我悄悄给神宫寺使了个眼色。

"啊？"神宫寺歪歪头，不像有脑力的样子。

反倒是森胁先生先反应了过来："我建议你放弃这个主意。我已经说过我参与了这里的施工，这个房间下坠的高度以及旋转的速度我都清楚，这个机关对我没用。"

"……"

见我们悉数哑火，森胁先生显得越发从容了。像是料定我们已经无计可施，他看向了美晴："小姑娘，你去帮我做饭吧。"

"可我……不太会做饭……"

"没事，随便做点儿就行。"

"我去帮忙！"丽亚说着，也打算离开餐厅。

"站住！你就在这里待着！别去厨房！"森胁先生的怒吼仿佛来自灵魂深处，"我手头的信息提到过，吃你做的饭还不如喝毒药。我马上就要发财了，可不想死在这里！"

"你说什么?!"丽亚恶狠狠地张开手，十个鲜红的指甲迅速做好了战斗准备。

"等等！你敢过来，我就开枪！"

森胁先生将枪口对准神宫寺和柳川，丽亚只好悻悻地放下手。

"小弟弟，你去帮忙。"森胁先生对朱利叶斯说，"提醒你一下，不要往食物里加奇怪的东西。"

朱利叶斯回头看向森胁先生。他面无表情，只有那双冷漠的眼睛透露出他的内心：为了活下去，我可以牺牲任何人。

"我很清楚你是怎样的人。饭做好以后，还要麻烦你试毒呢。"

"……"

朱利叶斯默默离开了餐厅。

创也举手向森胁先生提问道:"你似乎对我们很了解。这些信息,你是从哪里得到的呢?"

"小孩子不知道也很正常。其实,这世上有一个专门贩卖各种计划的组织。"

我和创也对视了一下——是头脑组织……

"我找这个组织定制了一份寻宝计划。说实话,本来我也只是想试试,没想到他们还真给我寄了一份计划书来。你们两个小鬼的信息也在上面。"

唉,这下麻烦了。可我真的想吐槽一下头脑组织,做生意能不能挑挑对象?

神宫寺耸了耸肩:"真吓人……不光知道栗井荣太的真实身份,竟然连我们每个人的性格都了如指掌。"

创也追问道:"那个贩卖计划的组织叫什么名字?"

"名字啊……"森胁先生回想片刻,"不好意思,我给忘了。反正你马上就要死了,就算知道它的名字又有什么用呢?"说完,他得意地扬起嘴角。

感觉到身边的金田先生忍不住想要站出来，我轻轻拽住他的西装下摆。为了不被森胁先生发现，我努力伸长手指，悄悄在金田先生的背上写起字来。

别乱来

金田先生也在我的背上写起了字。

枪小　我挡

森胁先生拿的是小口径手枪，金田先生的意思是他要牺牲自己来掩护我们。

不行　危险

我对金田先生摇了摇头，又在他背上写下：

我来

金田先生震惊地看着我，我朝他坚定地点了点头。

"……"

金田先生犹豫不决，我则露出最自信的微笑。他想了想，然后在我背上写道：

小心

OK

不要说"OK" 说"好的"

"……"

好的

虽然话已经放出去了，但其实我并没有什么好办法，只是不那么说的话，金田先生可能会铤而走险。

总之，先想办法离开餐厅吧。

"啊啊啊！"我故意发出怪声。

森胁先生立刻警觉起来，下意识地将枪口指向了我。

"我忘记给家里的花浇水了，我能先走一步吗？"我故作轻松地问道。

森胁先生点点头，温柔地笑着说："随你。不过，你离开以后，我就会把这些人一个一个干掉。你想抛下大家活命的话，就尽管逃吧。"

"……"

"况且就算想逃，你打算怎么离开这个村子？我已经把隧道炸毁了，你跑不掉的。"

啊，我忘了这件事了……

"那我想去一下洗手间。"

"去吧，去吧。"

森胁先生爽快地同意了。他如此淡定，是因为觉得自己完全掌握了主动权，还是因为觉得我只是个孩子，成不了什么气候呢？

我经过厨房，听到美晴和朱利叶斯正在争吵。

"怎么了？"

我探头一看，发现备菜的案台上有一个小碗，一颗生鸡蛋静静地躺在里面。

"这个姐姐想把生鸡蛋拿过去，可生鸡蛋根本就不算一道菜啊！"朱利叶斯气得都快哭出来了。

"所以我才说自己不太会做饭啊！"

"这岂止是'不太会'啊！"

两人吵得有来有回。

最终，朱利叶斯拿起平底锅："我来做炒饭，姐姐，你做沙拉吧。把蔬菜盛在盘子里总该会吧？"

朱利叶斯，辛苦你了。

我环视一圈厨房，最后目光停留在角落里的那几袋玉米淀粉上。

"请别搞出什么粉尘爆炸来。"

朱利叶斯注意到了我的视线，将我的计划扼杀在摇篮中。这小子也挺敏锐啊。

"我们只是普通人，不像你们，习惯了危险。我希望你能想一个更加稳妥的方法来解决眼下的难题。"

好嚣张的态度，我差点儿以为自己才是那个等着被救的人呢！这家伙果然和创也是一个模子里刻出来的。

好好好，我知道了，我再想想别的办法。

案台上摆着些银制的高级餐刀，我抓起几把装进口袋里，顺口赞叹道："这些餐具真不错。"

"因为 Willow 很挑剔。"

这样啊，那我真要感谢一下柳川了。要是这里只有不导电的塑料制品，那我就哭去吧。

接下来，我还需要找点儿土豆和蛋黄酱傍身。如果能找到胡椒粉就更好了，刺激程度会更上一层楼。

"你……要做土豆沙拉？"朱利叶斯问。

"好厉害啊，内人！你会做饭？"美晴则期待地看着我。

嗯，奶奶教过我。不过，我拿这些可不是为了下厨。

我离开厨房走向洗手间，中途还去收银台取了一些蚊香和火柴。

我没猜错，洗手间的大镜子旁边果然有一个插座，那是为了方便客人使用吹风机和电动剃须刀而准备的。

好，万事俱备！

"老师，今天您打算做什么呢？"

我的脑内小助手直子小姐笑盈盈地登场了。

我答道："我要做一个只有这种情况才能派上用场的

东西。"

"'这种情况'指的是……?"

"被'寻找自我的旅人'举枪威胁,因为有人质,所以我还不能独自逃生的情况。"

"这种情况真是不多见啊……"直子小姐拿出手帕擦了擦汗。

"所需材料是3把餐刀和点燃的蚊香。"我读出小黑板上的内容。

"有条件的话,可以使用导电性良好的银制餐刀;如果没有,用便宜的铁制餐刀也可以。要注意的是,塑料餐刀等塑料制品不能导电,所以用不了呢。考虑到安全问题,最好戴上橡胶手套再操作。"直子小姐补充得很全面。

"老师,我们需要多长的蚊香呢?"直子小姐转头面向我,露出困惑的神情。

"虽然这跟蚊香的种类也有关系,但最主要的还是看情况有多紧急。像今天这种非常紧急的情况,需要准备5厘米左右。"

"原来是这样。"

"告诉大家一个小知识,"我伸出一根手指说,"蚊香每燃烧 1 厘米需要 5 分钟的时间，要记住哟。"

接下来的操作很危险，为了防止小朋友模仿，导演特意将镜头切到了直子小姐身上。

在这段时间里，我在蚊香 4 厘米处动了手脚，这样 20 分钟以后，机关就会启动。插座的改造基本搞定，镜头重新切换到全景画面。

直子小姐适时开口："老师，请问您制作这个机关有何用意呢？"

好问题。我点了点头，以示肯定。

"20 分钟后，配电盘的断路器会跳闸造成短路，进而引发停电。"

"没有灯光，屋里会变得一片漆黑吧？"

我用力点了点头，说："没错。黑暗降临的那一刻就是成败的关键。"

"大家一定要加油啊！"直子小姐挥起了手。

第五章
神兵天降

我做完一切准备，回到餐厅。

森胁先生皱皱眉头："你真磨蹭啊。"

"我拉肚子了……"我随便找了个借口搪塞他，然后站回原来的位置。

金田先生还在我的右边，我伸手在他的后背上写道：

> 20分钟后　停电

金田先生点了点头，然后将这个消息传递给旁边的堀越导演。同时，我也把这件事告诉了在我左边的创也。创也点点头，将消息传给他旁边的神宫寺。

好，我们已经做好了反击的准备！现在只需要静待蚊香燃烧……

20分钟之后——

森胁先生左手拿勺，大口吃着朱利叶斯做的炒饭，右手的枪仍然对着我们。

我在几分钟前就开始眯起眼睛，想让自己尽快适应黑暗。（不直接闭上眼睛，是怕森胁先生起疑。）

停电的那一瞬间，我双手举起蛋黄酱和土豆大喊："大家上吧！"

然而——

森胁先生从口袋里拿出了手电筒……亮光一一扫过我们，犹如无声的羞辱。

"野外寻宝可少不了手电筒，所以我一直带着呢。"森胁先生得意地笑了，"都给我老实待着。别着急，等我吃完晚饭就送你们上路。"

说完，森胁先生接着吃起了饭。

"……"

万事休矣！我已经没招了！

忽然，我听到了某种诡异的声音，仿佛从地底传来，令人毛骨悚然。小朋友要是听了，肯定会害怕得哇哇大哭。

"大灰狼要来抓坏小孩喽……"

"怎……怎么回事！"森胁先生也听到了这个声音，慌乱地拿起手电筒四处探照。

无边无际的黑暗中，森胁先生身后浮现出一个巨大的黑影。黑影伸出一只大手，轻轻松松就将他拎了起来。

"哇——！"

森胁先生吓得在空中双腿乱蹬，惨叫连连。

"哈！"

砰的一声，黑影猛地将森胁先生摔在墙上。森胁先生吭都没吭一声，便昏了过去。

接着，黑影捡起森胁先生掉落在地上的枪，细心地拆掉弹匣，还不忘把装在枪里的子弹也取了出来。

黑影将脸转向我们……原来是卓也先生！他的脸上和黑西装上满是泥污，所以我才没有第一时间认出他来。看他这脏兮兮的样子，似乎是在土里不眠不休地挖了好几天。

"卓也先生……您怎么了？好脏啊。"创也问。

"因为我在土里不眠不休地挖了好几天。"卓也先生回答。

猜中了！我还挺厉害的。

"太不容易了……"卓也先生望向远方，娓娓道来，"得知被骗，我大受打击，彻夜失眠，结果早上却睡着了，没来得及拦住创也少爷。为了确定少爷的去向，我又费了些

工夫，所以三天假的第一天就这么过去了。"

"你竟然能找到这里……"创也的声音有些颤抖。

"我通过龙王集团的关系网，用某国的军事卫星进行了地毯式搜索。"

还用上了军事卫星……至于吗？

"确定了创也少爷的位置后，我便马不停蹄地赶到围得村。没想到村口的隧道竟然崩塌了。不过，我并没有放弃。我一点儿一点儿地运走石块，挖开泥土，终于来到了这里。"诉说着自己悲惨的遭遇，卓也先生的眼里泛起泪光。

"那个……我有个疑问。"我小心翼翼地问，"您为什么不坐直升机呢？"

为了追查我们的行踪都能用上军事卫星，那找架直升机越过隧道还不是易如反掌吗？

卓也先生突然无力地跪倒在地，口中念念有词：

"我怎么会没想到……"

呃，我是不是不该提这个……

卓也先生花了好几分钟才从颓丧中回过神来。他站起身，愤怒地指着创也说："我吃了这么多苦，都是拜你这个'坏小孩'所赐！"

公平点儿说，卓也先生吃的苦有一大部分还真不是创也造成的，可他还是决定把一切都怪到创也头上。

卓也先生把手指掰得咔咔响，慢慢逼近创也："准备好接受惩罚了吗？"

"暂停，暂停。"创也举起双手说，"在您惩罚我之前，请让我问一个问题，您今天怎么没去面试？"

卓也先生怔住了。

"24 份面试通知中，我承认有 23 份是我伪造的，对不起。但剩下的那份是真的，而且面试时间就是今天！"

听了这句话，卓也先生脸上最后的一点儿血色也瞬间褪去。他愣了几秒，才呆呆地说："我一气之下……把那些面试通知都撕掉了……"

"呃……"创也和卓也先生同时痛苦地呻吟起来。

唉，这两个人真是的。

我对卓也先生说："您也有不对的地方。明明是创也的保镖，却整天说着'要当幼师'之类的话。"

"……"

"那创也肯定会不高兴啊，所以他才会做这些假的面试通知捉弄您。这也可以理解吧？"

不过，一口气伪造 23 份确实有点儿过分了。

"内人，算了。"创也阻止我继续说下去，"我无权剥夺卓也先生的梦想。"

"……"卓也先生没有作声。这时——

"啊……"森胁先生恢复了意识，躺在地上惊恐地看着卓也先生。

"你……你是从哪儿冒出来的……"

"我不是冒出来的，我是堂堂正正地从村口走进来的。村口的隧道崩塌了，我还花了一天时间清运石块和泥土。"卓也先生认真地回答道。

"你清走了坍塌的石块和泥土？只花了一天？开什么玩笑，你又不是挖掘机……"

森胁先生，这个人不是挖掘机，但胜似挖掘机。

"最后一个问题……告诉我你的名字。"

"二阶堂卓也。"卓也先生瞥了一眼创也，又补充道，"一介普通上班族，负责保护笨蛋初中生——目前是这样。"

"原来上班族中也有狠角色。好好好……"森胁先生说完又昏了过去。

"内人，你的作战部署很成功啊。你怎么知道 20 分钟后，卓也先生会出现？"创也问我。

他在说什么啊？

"你不是在我的背上写了吗？"创也在桌子上写下"20分钟后 倬曳"几个字。

"你还特意变换了字形，考虑得很周到啊。"创也心悦诚服。

我写的明明是"停电"，怎么成"倬曳"了……

神宫寺插嘴道："你写的是这两个字吗？我还以为是一个叫'卑皂'的神秘生物会来救我们。"

"啊，可是你传给我的明明是'乌龟'啊。我还奇怪呢，乌龟怎么来救场啊……"丽亚一脸天真地说。

都是什么乱七八糟的……

呼——

紧张的气氛逐渐散去，大家都松了一口气。回忆起来，比起被森胁先生拿枪指着，卓也先生掰着手指步步紧逼的场面更加令我恐惧。

虽然收尾稍显狼狈，但总算是顺利通关了。

皆大欢喜！

20分钟后停电

20分钟后停电

20分钟后停电

20分钟后停电

第六章
真相的背后

唰，唰……

竹扫帚清扫石阶的声音宣告着她的生活重新归于平常。

亚久亚俯下身，轻轻挥动手中的扫帚。

《IN VADE》落下帷幕，众人也准备离开了。

这三天的热闹就像一场幻梦，很快，这里又会只剩她一个人……

亚久亚独自留在村子里已经很久，早已习惯独居的日子。

可是……

该怎么去形容她现在的心情呢？一种从未有过的寂寞涌上她的心头。

为了驱散心中的阴霾，亚久亚不断挥动着扫帚。

唰，唰……

唰，唰……

亚久亚注意到扫帚擦过地面的声音中混入了脚步声。

听到这个脚步声，她不用回头也知道，是那个人来了。

脚步声停下了。

"亚久亚。"创也唤了她一声。

然而，亚久亚没有回头。

沉默半晌，创也又说："这三天，多谢你的照顾。"

唰，唰……

"你要回去了吗？"亚久亚一边挥动扫帚，一边说。

"是的。明天还要回学校上课。"

"是吗……"

两人同时陷入沉默，只有扫帚清扫石阶的声音回荡着。

创也开口问道："亚久亚，你要继续留在村子里吗？"

"嗯，毕竟这里是生我养我的地方。"

"你不想和我一起离开吗？"

唰！

亚久亚顿了顿，很快又重新开始清扫石阶。

"谢谢你的好意。不过，我刚才也说过，这里是生我养我的地方。我的职责就是守护这座神社。"

"……"

"这是我自己的选择，没有人强迫我。"

"……"

"所以我不会离开村子。"

"好吧……"创也点点头。

"不过，能听到你这么说，我真的很高兴！"说着，亚久亚回过头来。她展开笑颜，眼里却噙满了泪水。

亚久亚注视着创也，郑重地向他行了一礼。

"谢谢你。请多保重。"

一滴泪水落到石阶之上。

"你在做什么？"

我抬起头，正好对上创也阴森的眼神。

"写日记呢。"我赶紧合上笔记本。

"我记得你之前说的是写作文。"

"是吗？"

我想赶紧把笔记本收进背包里，然而晚了一步。创也抢过我手中的笔记本，闷声读了起来。他的眉头锁得越来越紧，周围的空气似乎也逐渐变冷。

惨了……

我急忙环视四周，寻觅逃跑路线。

无处可逃……

我想找奶奶求助，可她却无情地丢下一句"自作自受"。

内藤内人，在劫难逃！

啪的一下，创也合上笔记本。我偷偷观察他的反应，发现他看我的眼神里不仅没有害羞，反而还有点儿怜悯。

"你和亚久亚道别了吗？"我问。

"嗯。不过说得很简单，也就是'再见''多保重'之类的话。"

就这样吗？唉，明明可以说些更真挚的话……

我还在黯然神伤，创也却没头没脑地问了我一句："你不会真的觉得亚久亚是围得村的村民吧？"

嗯……什么意思？我一头雾水。

创也贴心地解释道："亚久亚不是围得村的村民，金田先生、森胁先生可能也不是真正的游戏玩家。我猜他们三人都是被栗井荣太雇来的，兴许是哪个剧院的演员吧。"

"……"我张了张嘴，可什么也说不出来。创也的话对我冲击太大，我的语言系统当场死机了。

"要是每个玩家都能像你这么无知又天真就好了，我们做游戏会简单很多。"创也说。

接收到这句嘲讽，我的语言系统立刻重新启动。看我的伶牙俐齿！

"真是不好意思啊！我就是这么单纯的人！"

"失敬。我没有愚弄你的意思，这是夸奖。"

谢谢，但这句话听上去真的很虚伪。懒得跟他计较，我现在只想赶紧解决脑袋里的疑问。

"亚久亚真的不是围得村的村民吗？"

创也点了点头："我们第一次见她的时候，她正在扫地，对吧？"

"嗯，我记得她的手指很白净，指甲也亮亮的。"

"那是因为她做了美甲。她涂的应该是浅米色系的指甲油，所以看起来比较自然。要知道，真正的巫女是不会留指甲的，更不会涂指甲油。"

没想到创也这家伙不仅是"巫女专家"，对化妆品也颇有研究……

"你第一次见她的时候就知道她不是巫女了？"

创也点点头："这个故事是丽亚构思的，以她的性格，她肯定会在故事中安排少男少女相遇相知这种桥段。而我作为一个优秀的玩家，当然要配合游戏设定了。"

"……"

我记起之前曾问过创也对于人际关系的看法。当时他对我说，他只对作为现象而存在的人际关系感兴趣，还强调自己绝不想卷入其中。

可他还是个没长大的小鬼呢，以他的心智，他真的能完成"第六大游戏"吗？我忧心忡忡……

亚久亚的事，我算是接受了，于是我接着询问另外两个人的情况。

"那金田先生是怎么回事？"

"他说自己在这里被照顾了整整三个月，可是之后一次都没回来过。你觉得这正常吗？"

"或许他太忙了……"

"我记得金田先生说过他退休后很闲。"

他确实说过……

"那森胁先生呢？"

"首先，所谓武士的财宝就是人为编造出来的故事，不是事实。如果是真的，肯定会有更多人跑到这里拼命寻找。"

"那个金块呢？"

"多半也是伪造的。只要在钨矿石上镀一层金，它的重量掂起来就和纯金块差不多了。如果不做声阻抗测试，肉眼根本分辨不出来。"

竟然是这样。

"栗井荣太准备了很多支线故事，让玩家分不清现实和假想现实。这个构思实在巧妙。就拿主线'外星人事件'来说，我们要是不够清醒，肯定会以为这世上真的有外星人。"

我懂。先是在洞窟中目睹了飞碟工厂和克隆培养皿，而后又亲身体会到 X 的重力操纵器之神奇，玩家很难不怀疑真的有外星人混进了游戏中。唉，丢人的往事休要再提……

我问创也："你既然早就知道真相，为什么还要假装上当呢？"

创也一脸"别问这么扫兴的问题"的表情："融入游戏的世界里不是件开心的事吗？"

嗯，有道理……

我突然想到那些在公园里玩耍的孩子。

对他们来说，攀登架就是大象，滑梯就是长颈鹿，沙地就是无底的沼泽。要是我走过去对孩子们说"那不是大象，而是攀登架"的话，确实很扫兴。

"这场游戏玩下来，我收获颇丰。对一款游戏来说，能够让玩家尽兴才是第一位的。栗井荣太很重视玩家体验，这点我要向他们学习。不得不说，现在离'第六大游戏'更近的确实是栗井荣太。"

咦？我还是第一次听创也这样赞美栗井荣太。

不过——

"你称赞别人的时候，能不能别把脸扭过去，一副很嫌弃的样子？"

"哼！"创也不屑一顾地说，"我不是在称赞他们，只是在陈述'目前的事实'。再给我一些时间，开发出'第六大游戏'的一定是我们！"

好吧好吧，口气这么大，这才是我认识的龙王创也。

"接下来，你打算直接回城堡做游戏吗？"

"嗯，但现在我想小睡一下。"创也靠在椅背上，闭上了眼睛。

此时，我们正坐在栗井荣太的直升机上。整个游戏期间，它都被栗井荣太藏在栗旅馆的后面。

柳川负责驾驶飞机，丽亚坐在副驾驶位上，堀越父女倒在最后一排呼呼大睡。你问神宫寺和朱利叶斯？他们还在旅馆善后呢。卓也先生主动请缨，留在村子里帮忙维修坍塌的隧道。

难怪当初神宫寺听到隧道坍塌后没什么反应，原来他们早就备好了直升机。

话说回来，这短短三天真是发生了太多事情，它们在我的脑海中不断浮现。嗯？等等……

从隧道坍塌这一幕开始回放……

创也坐在山毛榉树下休息——回放过头了。

稍微快进一下——创也在村子的小路上四仰八叉地摔了一跤。

就是这里！

"创也，快起来！你把那个头骨忘了！那也是栗井荣太准备的支线故事吗？"

创也看上去有些发蒙："嗯，我没和你解释吗？话说，你竟然还没搞懂是怎么回事？"

他的语气该怎么形容呢……就像在说"你难不成想让我详细解释为什么'1+1=2'？""超人的真实身份是克拉克·肯特啊，这你都不知道吗？"之类的……莫非RRPG里混进头骨，就跟空间传送装置里绝对会混进去苍蝇一样，是很正常的？

看来没弄明白事情原委都是我的错，我这就反省。

创也一脸不耐烦地向我解释道："你还记得村子里的墓园吗？"

我点点头。我还记得石墙里到处都是乱糟糟的。

"村民们搬离前掘开了亲人们的墓，带走了遗骨。从散乱的墓碑可以看出，他们走得很匆忙。"

"也就是说，那个头骨是村民在搬运时掉落的？"

"That's right（没错）！"创也用食指猛地敲了一下我的额头。

竟然是这样，早知道我就不反省了！

创也满不在乎地说："不用想太多。小春的数据库里没有那个头骨的信息，我会在那里摔倒也仅仅是偶然。换句话说，它和《IN VADE》毫无关系。"

说完，创也伸了个懒腰，接着又闭上了眼睛。

"我累了，让我睡会儿。"

"在这儿打瞌睡会感冒的。"

创也依旧闭着眼睛："我不打瞌睡，我要熟睡。"

说完他便真的睡着了，留我一个人继续沉思。

头骨出现在我们面前，真的只是偶然吗？

以前，我在城堡和创也玩扑克牌游戏"抽王八"时，一次也没赢过。我不信自己的运气这么差，于是质问创也是不是出老千了，结果他却慢悠悠地说这是"Force（迫牌）"的力量——选牌的过程看似自由，其实我选中的全是他想让我选中的牌。这是一种魔术技巧。

我在想……

要是我发现头骨后马上报了警，把事情闹大，这场游戏的走向会变成什么样呢？

或许从那一刻开始，我们就要体验另一种《IN VADE》

159

了……

想到这里，我不寒而栗。说不定《IN VADE》中埋着无数条剧情线，这次我们选择了飞碟这条线，但海面之下还有更多故事。

我想起了小卖铺里那些满是灰尘的玩具。搞不好，那个丽佳娃娃真的是价值连城的珍品，围绕它又能发展出一个全新的《IN VADE》来。

"你们想去看看主神吗？"——那时，如果我们应了亚久亚的邀请去参观正殿，那么，游戏的最后一关或许就会截然不同。

除此之外，围得村中或许还散布着许多我们未曾激活的机关……

创也说森胁先生是漏洞，但事实可能正相反，一切早就写在剧本上了，此时的森胁先生说不定正和神官寺干杯庆祝呢。

创也意识到这些了吗？

我扭头看他。他双目紧闭，却突然开口道："放心吧，我们一定能做出比这更棒的游戏。"

"啊？"

创也没再说话，只咂了咂嘴。

什么啊，原来是梦话……睡着了也满脑子都是游戏，真受不了他。

我向前探身，问丽亚有没有毛毯。

丽亚回过头，指了指我们的座位下面。看见创也的睡颜，她说："睡得真熟，他一定累坏了。"

我点了点头，给创也盖上毛毯。

"做个游戏而已，何必这么拼命呢？这孩子也是，神宫寺也是。"

我没有作声。

丽亚将视线转向我："你多提醒着他点儿，让他别再这么消耗自己了。创作游戏不需要赌上性命。"

"您觉得他们会听吗？"我反问丽亚。

丽亚叹了口气，摇了摇头："唉，一群笨蛋。"说着，她瞥向柳川，柳川戴着耳机，也不知听没听到。

丽亚再次叹了口气："不过，最近这种笨蛋也在变少呢。濒危物种还是要爱护的。"

哦，创也和神宫寺原来都是保护动物啊……此时我再看睡着的创也，越看越觉得他像一只朱鹮。

丽亚伸手捏了一把我的脸颊："下次再一起玩吧。"

说完，她轻轻地笑了。

永恒的夜空

站在月台等电车的时候，我突然觉得膝盖一软。

我深受打击。我又没有剧烈运动，只不过加班后多走了几步，难道就搞坏了膝盖？

或者是因为年纪大了？不，不可能。一定是因为最近工作太忙，累着了。我强行说服自己。

电车来了。

我小心翼翼地迈开步子，走进电车。虽然晚高峰已经过去，但电车里仍然有不少乘客。

打从记事起，乘坐公共交通的时候，我都尽量站着。

这倒不是为了锻炼身体，而是因为我始终学不会自然地让座。有好几次为了给老人让座，我都只会僵硬地说"啊，我到站了"，然后匆忙下车。但其实，我根本没到站。与其这样，我还不如从一开始就站着。

我抱着胳膊，在车门附近站定。只要将左手腕的内侧放在右手手臂上，我就能感受到自己的脉搏。

咚，咚，咚……大概数2280下，我就到站了。

我闭上眼睛，开始数脉搏。

这本该是一段平静的时光，谁承想，这节车厢里有个年轻人突然开始大声打电话。

只见这个人双腿朝两侧撇开，大刺刺地霸占着爱心专座；挂着花哨吊坠的手机贴在耳朵上；那一头冲天的黄色头发，手感应该跟摸刺猬差不多吧？他穿着紫色夹克，戴着耳钉，这装扮毫不克制地展示出他糟糕的品位。

不知道他的视力还正常吗？他似乎看不见其他乘客。大家的厌恶都写在脸上了，但凡有眼睛的人都会收敛许多。

真是的……害得我都忘记脉搏数到多少了。

年轻人的面前站着一个男人。他看见我面露不悦，向我微微一笑。

他的年纪大概40岁——和我差不多，但气质不像是我这样的普通上班族，乱蓬蓬的长发在脑后随意扎成马尾，脸上都是胡楂儿。

他穿着脏兮兮的牛仔裤和薄夹克，肩上斜挎着一个帆布包。这个男人乍一看简直像个流浪汉，但只要刮刮胡子，再剪个头发，应该也称得上仪表堂堂。

男人看着我又笑了笑，然后将手伸进自己的包里。

这时——

"啊，咦？"大声打电话的年轻人将手机拿到面前，检查了一下显示屏，接着又按了一遍电话号码，再次将手机放到耳边。

"奇了怪了……"年轻人晃了晃手机。

男人冲我得意一笑。我恍然大悟：他一定用了某种我不知道的方法，屏蔽了年轻人的手机信号。

男人将手从包中拿了出来。

"啊，通了通了！没事，是我的手机刚刚出了点儿问题啦！"年轻人又开始大声讲电话。

男人再次将手伸进包内。

"喂，喂？什么情况啊？！"年轻人拿着手机又敲又晃。

男人见状，不由得笑出了声。

"喂！笑什么笑！"年轻人恶狠狠地瞪着正在大笑的男人。

"失敬。对于手机这种精密机器，你这样拍打是绝对修不好的。这个年代，像你这样的年轻人已经不多见了，我以为只有在真空管里长大的孩子才会这样。"

"你说什么？！"

年轻人发起狠来，男人却依旧心平气和："不过，我看你的样子，恐怕不知道什么是真空管吧？"

年轻人虽然不明白男人在说什么，但那嘲讽的语气，他听得清清楚楚。

"你找死啊！"年轻人站起来，一把揪住男人的衣领。

唉，唉……放着不管，似乎也不好。

我挤进二人中间。

"大家有话好好说嘛……"

这是我在多年的职场打拼中养成的必杀技——和稀泥！可惜使用这一招时，只有上班族才买账。

电车在减速。开门的那一瞬间，我赶紧将年轻人和男人一起拉下车。

"呼！"这下就不用担心影响其他乘客了。

我环视了一圈月台，没看到工作人员。看来只能靠自己解决问题了……

"大叔，你跟这人是一伙的？"年轻人指着男人问我。

"不不不……"我拽起男人的胳膊，"月台上人来人往的，不太方便，我们换个地方吧。"

唉，到家的时间又要推迟了……

我们走下台阶，向出站口走去。

"啊，这儿有张报纸。"我看到车站一张座椅上有张掉落的报纸，快速捡了起来。

"你搞什么啊，大叔！赶快过来！"

年轻人趾高气扬地走在我们前面。

此时，我已经摸清了他的实力。看样子他是个草包，甚至没察觉到对手已经拿到了趁手的武器。接下来，我只要注意别打伤他就行了……

我们又路过一个垃圾箱。我看到两根塑料绳从里面伸出来，于是顺手抽出来收进口袋。

我们走出车站，来到商业街。经过街角的便利店时，我看到店门前立着一些广告旗。

拿上这个——不行，杀伤力太大了。结果能派上用场的只有报纸和绳子啊……

我一边走，一边背着手开始卷报纸。

"就在这儿吧。"年轻人停下脚步。

这是条昏暗无人的小巷，附近没有住宅。如果不高声呼救，恐怕就不会有人注意到这里。

我看向身旁，背着斜挎包的男人仍然嬉皮笑脸，一副天不怕地不怕的样子。

"你不怕吗？"我忍不住问。

男人轻快地回答："不知道为什么，有你在旁边，我特别放心。真神奇啊！"

"……"

年轻人在我们面前不耐烦地活动起手脚："聊够了吗？把国家培养的大好青年当成傻子耍，不太好吧！"

以他的文化水平，这句挑衅应该酝酿了很久吧。

"哦啊啊！"年轻人发出意义不明的怪叫，朝我们冲了过来。

我又看看身旁，男人还是笑眯眯地站在原地，安然不动。他连躲都不躲，看来是要把麻烦全部交给我了……

我叹了口气，猛地抽出藏在背后的报纸卷。报纸本身很脆弱，但只要紧紧地卷起来，再缠上绳子，就会变成十分有力的武器。

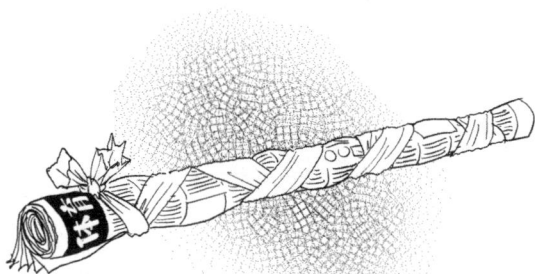

我伸长手臂，运用剑道的刺击技巧，刚好击中年轻人的下巴。

年轻人被打了个措手不及，向后一仰。我又绕到他身后，像剥香蕉皮一样把他的紫色夹克拽下来，并就势固定住他的双臂，令他无法反击。接着，我顶住他的膝盖内侧，迫使他跪倒在地，再迅速从口袋中掏出塑料绳捆住他的双脚。

趁现在——

"快跑！"

我拽起男人的手，跑了起来。

我们沐浴着月光，在夜晚的城市中奋力奔跑。身后无人追赶，只有影子紧紧相随。这种热血沸腾的感觉令我仿佛回到了中学时代。

我们跑进一座公园，然后在饮水处旁坐下休息。

环顾四周，我发现滑梯附近有两个男人在练习拳击，一个穿着黑西装，一个穿着运动服。

"啊，太开心了！"男人坐在长椅上说。

开心？我胸中冒出一股无名火。到底是谁害得我半夜回不了家？

我将手伸到男人面前。

"怎么了？"男人疑惑地看着我。

"让我看看那个机器。"

"什么机器？"

"别跟我装傻。我知道你的包里放着可以屏蔽手机信号的机器。"

"……"

男人从帆布包里掏出一个白色盒子。它只比纸牌盒稍大一点儿，表面写着一行红色小字：干扰手机。

"它看着小，但特别好用。只要按下开关，就能屏蔽半径 5 米之内所有手机的信号。"

男人一脸得意，像在炫耀心爱的玩具。

"对了，"男人盯着我说，"还没问你的名字呢。"

我条件反射般地从西装口袋中掏出一张名片，双手递给对方。自我介绍对上班族来说是早已烂熟于心的必备技能，这一连串动作只花了我短短 2.17 秒。

男人看着我的名片，歪了歪头："你的名字怎么读？内藤内……？"

"内记。我叫内藤内记，是普通的上班族。"

"普通的上班族啊……"男人用两根手指夹住名片转了转，然后将其小心地放进包里。接着他抬起头，犹疑地问我："公司送你们去SAS接受培训了？"

"SAS？你指的是Service Area Station（服务区站）吗？"

听我这么说，男人用一副看笨蛋的表情看着我说："我说的是Special Air Service，英国特种空勤团。"

哦，这么冷门的知识他都知道。

对了，我还没问他叫什么名字呢。

"给我一张你的名片吧。"

我伸出双手，结果他却摇了摇手指。怎么感觉他每个动作都挺做作的。

"我没有名片。"

他应该没有说谎。看这身脏兮兮的裤子配夹克，还有长发和胡楂儿，我就猜得到：他和我这种上班族生活在不同的世界里。

"我叫创，'创造'的'创'。"他自信满满地说。看来他对自己的名字很满意。

原来如此，他叫创啊。很好，我知道了。

下一秒，我一把揪住创的衣领。

"创！你是傻瓜吗?！为什么要招惹那个小混混?！这要是在职场，像你这种家伙肯定早就被炒鱿鱼了！"

愤怒冲昏了我的头脑。

创呆呆地看着我："因为……我看到你好像被他吵得很难受……"

啊，是这样吗? 他是为了我才屏蔽了那个人的手机信号? 其实我心里也清楚这点，所以才会选择帮助他。

我松开手，心中的怒火也不知不觉消失了。

"谢谢你。"我脱口而出。

我和创并肩坐在长椅上。我靠在椅背上仰起头，满天星斗映入眼帘。

仔细想想，我已经有多少年没有抬头看过星星了? 平时上下班，我只顾着低头看脚下的路，急匆匆地往前走……

"糟了，末班车停运了，只好打车回去了。"

我看着手表唉声叹气，创却并不怎么慌张。

"你不回家吗?"我问。

创点了点头。

嗯……看来他有难言之隐啊。

"你有孩子吗？"创突然问我。

"有啊。今年上初二。每天忙着上补习班，是个平平无奇的臭小子。"

"哦，你的孩子也会平平无奇吗……"

创显然不太相信。

"孩子上了初中后，脾气就变了。他的功课，我搞不懂，好不容易放假了，想带他出去玩，他又有自己的安排。我什么忙也帮不上，至少得让他知道爸爸有在好好工作吧。"

"所以你才这么晚下班吗？辛苦了。"创从斜挎包中掏出一罐饮料扔给我。

我道过谢，单手打开瓶盖，一饮而尽。

"我和你刚好相反……"创喃喃自语，"我不回家，是为了让孩子知道以后别跟爸爸一样。"

"你也有孩子吗？"

"是啊，我也有个上初二的儿子。"

这样啊……

"内记先生……"创对我说，"父亲不好做啊。"

"嗯。"

"真想告诉孩子们，我们也曾像他们这样年轻过啊。"

"是啊……"

和创一起坐在长椅上，我突然怀念起从前的日子，还有那时候的夜空：

上小学时，在夜市上看到的夜空；

上初中时，上完补习班，在回家的路上看到的夜空；

上高中时，在校庆日晚上看到的夜空；

上大学时，和朋友一起打完麻将后看到的夜空……

我想起了我的青春岁月……

我们仰望着群星，一幕幕回忆不断涌上心头。

也许有一天，我们的孩子也会怀着同样的心情，仰望这片星空吧。

尾　声

噩梦般的三连休已经被我抛在脑后。

继续追忆过去只会徒增悲伤，不如放下包袱，以全新的姿态迎接下一个假期。

下次，我定要达成"尽情犯懒"的目标！我握紧拳头，对着日历上标注的下一个节假日暗自发誓。

这时，一直捣鼓电脑的创也突然回过头对我说："啊，话说回来……"

我急忙捂住耳朵。

"……"创也冷冷地看着我。

他好像说了什么，但我什么也听不见。

创也转头面向电脑，开始敲键盘。不一会儿，电脑屏幕上出现一行巨大的字：

> 话说回来……

我又赶紧捂住眼睛。

"……"

就算眼前一片漆黑，我也知道此刻创也正在用干冰一样寒冷的眼神盯着我。

察觉到创也起身后，我微微松开捂住耳朵的手。

接着，我听到了咕嘟咕嘟的声音。这是创也在往水壶里倒水。

咔嚓！这是创也打开便携式燃气灶的声音。

不一会儿，水烧开了，他开始泡茶了，城堡里荡漾起红茶的香气。

也许是闭着眼睛的缘故，我对声音和气味更敏感了。

咚。

我感觉到创也在我面前放了一杯茶。

但我闭着眼睛，无法得知杯子的正确位置。我想要去摸索，但手还放在耳朵上，一时腾不开。

"……"

我思索了一会儿，决定靠嗅觉去搜寻茶杯的位置。

我伸长脖子，鼓动鼻翼，使劲凑到桌子前去嗅红茶的香气。

突然，我感到鼻尖一热——

"哇！"

猝不及防，我的鼻子已经浸到了滚烫的茶水中。

"啊啊啊！"我伸手想要去捂鼻子，结果红茶连同杯子一起被我打翻在地。

正当我狼狈地上蹿下跳时，创也不慌不忙地递来一个创可贴。

"接下来，言归正传——"他笑眯眯地说。

我无可奈何地放弃挣扎。

"你还记得我们之前聊过电子游戏吗？"

创也坐在我对面的沙发上。我贴上创可贴，老实地听他说下去。

"当时你说你买过《饭团王子大冒险》这款游戏。"

我点了点头。

《饭团王子大冒险》是我上小学一年级和二年级时流行的一款角色扮演游戏，讲的是胆小的饭团王子为了获得成长，一路寻找三文鱼宝剑的故事。游戏厂商还出了饭团王子穿着海苔盔甲的手办，价格不菲，却依旧受到很多人的追捧——不过小孩子只有眼馋的份儿了。

"你还留着它吗？"

"应该还在吧，我可以找找。"

"太好了。如果找到了，能不能借我玩玩？我在研究RPG 的历史，对这款游戏特别感兴趣。"

"当然可以。我下次带过来。"我爽快地答应了。

谁知创也抬手拦住我说："不如你直接带着它来我家吧，就定在下次放假怎么样？早就说邀请你来，结果不是赶上你补习班考试，就是要参加《IN VADE》，一直拖到现在。下次假期可是千载难逢的好机会。"

"我不要！"

我当即拒绝了创也。下次放假，我要懒洋洋地虚度时光！我的决定没有人可以动摇！

"你真的不愿意？"创也问。

为了表达我坚定的意志，我重重地点了点头。

"可是堀越同学也会来……"

"我几点去合适呢？"我立刻拿出手账本，准备记下这个日程安排。

创也露出胜利的微笑。

虽然一起做客的地点是创也家，但只要能和堀越同学见面，我就不要求太多了。

我得想想到时候穿什么……

我的思绪越跑越远，直到创也突然问我："你会钓鱼吗？"

"嗯？算不上擅长，多少会一点儿吧。"

不过，比起用鱼钩和鱼竿，我更习惯用锤子和塑料瓶捕鱼。

"那你知道什么是'撒饵'吗？"

"知道啊，就是在水里先撒点儿鱼食，好吸引鱼群游过来。你问这个做什么？"

"没什么……"

创也眯起眼睛看着我。他似乎有话想说，我却没兴趣知道。我现在满脑子都是下次放假的事。

总之，下次放假，我要去创也家里玩了。

至于我能不能度过一个愉快的假期，只有尽人事，"挺甜蜜"喽！

Good bye（再会）！

是否要存档？

▶ 是

否

已存档。

"都市里的汤姆&索亚"①我们的城堡

"都市里的汤姆&索亚"②欢迎来到游戏之馆

"都市里的汤姆&索亚"③战斗何时才能结束？

"都市里的汤姆&索亚"④四重奏

"都市里的汤姆&索亚"⑤游戏正式开场！

▶ "都市里的汤姆&索亚"⑥游戏告一段落？

183

善于
未雨绸缪的她

"志穗，今天没有雨吧，你为什么拿着伞呢？"冴子问志穗。

放学后，冴子和志穗一起走在回家的路上。连绵的阴雨只下到昨天晚上，今天是个万里无云的好天气。然而这样的日子里，志穗却带着一把和她并不相称的黑色男士雨伞。

"啊，这个啊——"志穗看着挂在自己右胳膊上的雨伞，"是这么用的。"

她将雨伞在头顶上撑开，然后又把它横过来，挡在身体一侧。

"……"冴子无法理解志穗的行为。

这时，一辆车从两人身后高速驶来，接近她们身边时也全然没有减速的意思。

车轮压上车道和人行道之间的水坑，霎时间，水花飞溅起半人高。多亏了志穗撑开的伞，水花没有溅到二人身上。

志穗收起伞，甩甩上面的水珠。

"我预想到可能会有这种事情发生，所以就带上了伞。"
志穗笑着说。她的笑容像白银般冰冷、美丽。

志穗，全名真田志穗，一名初二学生，因受到班上同学的爱戴而得名"真田女史"。

与冴子分开后，志穗向一片老住宅区走去。这一路几乎不再有汽车经过，非常幽静。当一道长长的黑色院墙出现在视野里时，志穗的家就到了。

"小姐回来啦。"门口正在扫地的老人看到志穗后，向她行礼问候。

"阿清爷爷，我回来了。谢谢您的伞，帮了我大忙。"

志穗将老人，也就是阿清的雨伞物归原主。

阿清接过雨伞，陷入了思考：这把伞是我今早借给小姐的，可是小姐明明自己有伞，今天也没有下雨，她为什么要借这把呢？

阿清的疑惑并没有持续很久。他想，小姐借伞自然有她的道理，而且他看到雨伞上的水迹，便知道它已经派上了用场。

"多亏这把伞够大，我和朋友才没有被水溅到。"志穗向他道谢。

阿清默默回了一礼。

这时，志穗双手合十，对阿清说："我还有一件事想拜托您，可以吗？"

"您吩咐便是。"

"请您把杂物间的坐垫都拿出来。"

坐垫？阿清没问志穗为什么要这么做，他知道小姐一定有她的深意。

他点了点头，说："我知道了。我等会儿就把坐垫拿到小姐房里。"

志穗却摇了摇头，说："不用拿到我的房间，我想让您把它们堆到那边的电线杆旁边。"

她说着，伸手指了指离家不远处一个十字路口附近的电线杆。

堆到电线杆旁边？意思是把这些坐垫扔了吗？

"要扔坐垫的话，必须扔到指定的地方才……"

志穗打断阿清："不是要扔掉。等到太阳落山以后，还要麻烦您把它们收回杂物间。拜托了。"

阿清彻底打消了心中的顾虑。

"好的。"

"那就拜托您了。"

志穗刚要走进玄关，又听阿清说道："老爷在里间等您，让您到家后立刻去见他。"

志穗轻轻叹了口气，而她身后的阿清没有听见这声叹息。

志穗提着书包穿过长廊。

她穿着袜子，踩在干净的木地板上。中庭的竹林随风摇曳，沙沙作响。

走到长廊尽头，志穗隔着障子门问候房间里的父亲。

"我是志穗，我回来了。"

"请进。"志穗的父亲——真田志心回答。

志穗打开障子门，走进房间。

这是一间光线昏暗的和室，正中间放了一张将棋[1]盘，真田志心正抱着胳膊，对着棋局苦思冥想。

志穗在父亲面前坐下来。

真田志心是一名职业将棋棋手。他棋风稳健，吸引了不少忠实粉丝。每当对局进入中盘阶段后，志心就能像预言家一般精准预测此后的棋步，因此大家都叫他"预言家

1　日本棋类游戏，又称"日本象棋"等。——编者注

真田"。

真田志心指着棋盘说："这是昨天的对局。我是先手，安藤五段是后手。现在我刚走到 6 七银（将）[1]。"

志穗轻叹一声。

她已经知道父亲是什么意思了。虽然有些麻烦，但她还是决定满足父亲的愿望。

"7 六步（兵）、6 八金（将）、7 七银（将）……"她看着父亲的脸，飞快地说出了二人对局的棋步，"7 四步（兵）、同[2]步（兵）、8 五步（兵）……"

1　日本将棋是9行9列的棋盘，标记棋子的位置时先写横坐标，再写纵坐标，最后写棋子名称。坐标以先手的角度看，横坐标从最右列到最左列，用阿拉伯数字表示，为1到9；纵坐标从最上行到最下行，用汉字表示，为一到九。——译者注

2　如果其中某一步棋走到的位置与对方上一步棋所到的位置一样（吃掉对方的棋子），则用"同"表示位置。——译者注

中间她只看了一次棋局。

"4 三桂（马）、同金（将）。到这一步，父亲就输了。"

志穗说完，低头向父亲行了一礼，然后便起身离开了。

现在只剩下志心一人待在房间里。他松开环抱的胳膊，从坐垫下面拿出一张纸。

上面记录的是昨天的棋谱，双方的棋步及顺序与志穗刚才所说分毫不差。

"根本没必要确认啊……"志心慢悠悠地撕碎棋谱。

志穗离开里间，从包里拿出围裙，正准备套在身上时，被人叫住了。

"啊，志穗，你来得正好！有时间的话来帮帮我们吧！不对，你没时间也得挤出时间来帮忙！求你了！"一个年轻女人刚从洗手间里走出来，看到志穗就死死拽住了她。这个女人叫小楠，是志穗母亲的首席助手。

"又赶不上交稿了吗？"

其实不用问，志穗什么都知道，她只是为了让对话进行下去才问的。

"离交稿时间只剩 3 个小时了。要是赶不上的话，老师就得'称病休刊'了！"

"妈妈又接了许多乱七八糟的工作吧？"

小楠苦笑了一下。

"老师就是这种性格，她又不是第一天才这样。"

小楠说着抓起志穗的手，将她拉走。

其实志穗早就料到了这些，所以才准备穿围裙的。

志穗的母亲是一名少女漫画家，每天的工作就是在画纸上编织有关梦想与爱情的故事。听上去是不是很美好？

然而，这个光鲜亮丽的职业背后却有着不为人知的艰辛——不得不与交稿日期战斗终生。要是辛苦赶制的稿子错过了交稿日期，对漫画家来说无异于地球毁灭。

"志穗，有你帮忙，我放心多了，应该能赶上！"

小楠拉着志穗走到书房，打开房门。

房间里的人听到开门的声音，立即大喊道："小楠，太慢了！上厕所的时间必须控制在2分钟以内！"

说话的正是志穗的母亲——真田幸穗，笔名是"真☆幸"。在督促助手的同时，她仍然没有停笔。

这间书房此时看上去更像个垃圾堆，各种书、杂志和资料随意堆放，散落一地。

　　房间里一共摆放着5张桌子，最里面的那张属于幸穗，靠外面一点儿的4张桌子两两相对摆放在一起，另外两个助手正目不斜视地拿着画笔不停地写写画画。

　　"老师，我叫来了一个强有力的帮手！"小楠给志穗分配了一张空桌子，然后把一沓漫画原稿放在她面前。

　　"妈妈，我回来了。"志穗向妈妈打招呼道。

　　可幸穗却说："你负责涂黑色和刮网点纸。"

　　"……"志穗默默地拿起画笔开始涂黑色。

　　直到助手们用磁铁将画完的原稿全部吸在储物柜的门上，志穗才终于得以解放。

"万岁！万岁！"

助手们欢呼雀跃，幸穗却直接躺在地板上开始呼呼大睡。听小楠说，幸穗已经四天没合眼了。

"辛苦你们了。"志穗代替妈妈向助手们行了一礼。

"麻烦你和老师说说，以后接工作之前先做好计划。"小楠的笑容中只有疲惫，没有欢乐。

志穗只好尴尬地赔笑。她知道自己的妈妈根本改不掉这种性格。

志穗走进自己的房间脱下围裙，然后从书包里拿出代餐食品。

志心应该还枯坐在将棋盘前研究棋局。幸穗正在酣睡，离她醒来还有 19 小时 23 分钟。

志穗早就知道今天晚上要一个人吃饭，所以在放学途中去便利店买了些吃的。

"小姐，我方便进来吗？"阿清站在门外请示。

"请进。"

志穗对走进来的阿清说："谢谢您帮忙放坐垫。"

"这是我分内的工作。不过，小姐，您早就知道了……？"

面对阿清的试探，志穗没有回答，只是默默微笑。

"我把坐垫放到电线杆旁边后，不一会儿就听到了巨大的声响。我吓了一跳，赶紧跑过去查看，结果看到一个骑自行车的初中生撞在了这些坐垫上。那个初中生看到我后还难为情地挠了挠头。"

"……"

"您早就知道今天傍晚会有一个骑自行车的初中生不小心撞到电线杆上，所以才让我提前放置了这些坐垫吗？"

志穗依旧没有回答。

阿清离开后，志穗露出了满足的微笑：还好我预想到可能会有这种事情发生，让阿清爷爷准备了坐垫。

志穗早就知道她的同班同学健一会撞到那根电线杆。

今天的体育课上，男生们要进行短跑练习。健一不擅长运动，上体育课对他来说相当吃力。回到教室后，志穗看到他一直在按摩自己的小腿肚。

健一结束落语[1]研究会的活动之后，通常会骑自行车回家。中途，他会从志穗家门前经过，而且他经常在附近脱把骑车。

---

1 日本传统曲艺形式之一，幽默风趣，类似于中国的单口相声。——编者注

住在电线杆旁边的那家人前阵子养了一只大狗。健一经过的时候，狗突然大叫起来。健一受到惊吓，脚开始抽筋。他一时掌握不好平衡，猛地撞上了电线杆……

志穗想到这儿，用手抚摸着胸口松了一口气。

健一没有受伤，真是太好了。

志穗是在小学六年级时才对健一有印象的。

当时，她和健一都是饲养委员会的成员。每天放学后，他们会留下来照顾小鸡和兔子。

与善于未雨绸缪的志穗不同，健一是想什么就做什么的类型，所以他做起事来很费时间，效率也不高。换水的时候，他会把水洒得到处都是，倒饲料的时候还会把袋子整个打翻，连低他们一年级的饲养委员都笑话他。

志穗看不过去，就会出手帮忙。

"谢谢你啊，真田女史。"健一总是笑呵呵地向她道谢。

有一次，有一只鸡孵出了五只小鸡。其中一只长得特别小，也不怎么吃饲料。

"小健没事吧……"五年级的饲养委员看着那只小鸡，十分担心。

"小健是……？"健一不解地问。

"是这只小鸡的名字。因为它和健一你很像啊。"

健一听了也只能笑笑。

所有饲养委员都很担心小健的状况。他们用心喂养小健，还带它去看兽医，然而小健还是一天比一天虚弱。

这只小鸡活不过三天——志穗冷静地观察着这只小鸡，然后得出结论。

"这世上的生命不是都有机会长大的。"志穗平静地说。

"……"

没有人能反驳志穗，然而健一开口了。

"不是的，真田女史。大家别担心，我家附近有一个兽医院，那里的医生特别专业。"

健一将小健装在盒子里。

"我带小健去看兽医。不要紧，小健肯定能恢复健康的！"他大声说。

一周之后，健一带着活蹦乱跳的小健回到学校。大家围着小鸡，纷纷夸赞健一。

"这不是我的功劳，是因为那个兽医很厉害。"健一笑着回应大家，然而那笑容难掩悲伤。

星期天的学校空空荡荡，健一独自蹲在后操场的一棵樱花树下。这时，志穗手拿三炷香走到健一跟前。

"真田女史，你手里这是……？"健一问。

志穗没有回答。她点燃三炷香，将它们插到樱花树下的泥土中。

"我和你一样，来给小鸡扫墓。我知道你把它埋在了这棵樱花树下。你是想让饲养小屋里的鸡妈妈也能看到它，对吧？"志穗虔诚地双手合十。

"原来你都知道啊……"

"在你带走小健的第三天，它就死了。"

"……"

"你一定花了不少时间去找和它相像的小鸡。"

健一无奈地耸了耸肩："真不愧是真田女史啊，什么都知道。"

"死亡是小健的命运，医术再精湛的名医也不可能让它恢复健康。你为什么要隐瞒小健死亡的事实呢？生物死亡是一件再正常不过的事，你不必遮遮掩掩。"

"可是……"健一说，"可是，要是小健死了，五年级的饲养委员会很伤心的。你什么都知道，应该也明白吧。"

"⋯⋯"志穗没有点头。

"你什么都知道，应该也明白吧。"虽然健一这么说，可是志穗并不明白。小健死亡是自然法则，是它必须接受的命运，为什么要为此难过呢？

人们会因为生物的死亡而悲伤，志穗此前从未思考过这件事。

志穗说："健一，你做的事难道不是在欺骗大家吗？"

"我确实欺骗了大家。"

"这样不好吧？"

健一点了点头："我知道这么做很不好，可是我不想看到有人为此伤心。"

"⋯⋯"志穗再也说不出什么了。

健一起身说："上初中之后，我想加入落语研究会。我想表演落语，逗笑台下的所有观众。艺名我都想好了，就叫'山游亭狸狸猫'。"

看着健一自豪地讲述着自己的梦想，志穗心想：从明天开始，我的目光就会忍不住开始追随他吧？

志穗的奶奶是可以预测未来的"测算师"。"测算"与占卜不同，它通过收集当下的数据并加以分析，来达到预言未来的效果。当然，无论数据多么齐全，仍然避免不了偶然因素，而常年积累下来的经验和灵感可以弥补偶然带来的误差。

　　志穗的奶奶曾经被人称作天才测算师。志穗继承了奶奶的能力，生来就能够预测未来——幸好她完全没有遗传母亲自由散漫、毫无计划性的基因。

　　奶奶为了帮助大家，才做了一辈子测算师。那我呢……

　　和健一交流之后，志穗有些明白了。

　　自己的这份天赋如果能让人们露出快乐的笑容，那也就值得了。自此，志穗暗下决心，一定要朝着这个目标努力。

　　是健一的话让志穗找到了自己的梦想。在志穗心中，健一变得越来越重要。

　　志穗坐在书桌前，合上写满心事的笔记本。笔记本的封面上有四个清晰的毛笔字：因果循环。

　　在她眼中，这个世界上的所有事情都是必然，没有偶然。

　　志穗将笔记本锁进抽屉，托起下巴，仿佛看见了未来。

十年后，我是一名工程师，而健一是个初出茅庐的落语家。我们会在一场久违的同学会上偶然重逢，然后坠入爱河。

经历了十二次约会后，健一会走下舞台为我戴上戒指，向我求婚。

那时，我会含着眼泪对健一说：

"我早就知道会有这么一天……"

现在，距离两人在同学会上重逢、相恋，还有三千五百二十七日。

后　记

大家好，我是勇岭薰。

"都市里的汤姆＆索亚"第六册《游戏告一段落？》的故事如何呢？

哎呀，我总算把这个故事写完了，希望之前埋下的伏笔都圆回来了……

之前几册都是短篇故事的组合，但这一次，编辑告诉我想写多少内容都可以。于是，我就尽情地写了一个长篇故事。

写长篇故事需要准备几个高潮，思考故事结构费了我不少功夫。我的记忆力不是很好，经常会忘记开头的事件以及客串人物的名字。（我现在还会在写作中途忘记人物的名字，然后就这么一路错下去。谢谢小松编辑帮我修改。）

不过写作的过程真是十分愉快，我十分满足。

现在我想和大家稍微透露一点儿创作背后的故事。

首先，是我最苦恼的事。

在我写了将近 100 页后，我的笔记本电脑突然坏了，100 页的稿子就这么消失了。（另外一本书《怪盗奎因》也丢掉了 80 页的内容。）

那时我本应该感到恐慌，不可思议的是我的内心十分平静。

"好吧……"我只是小声嘟囔了一句，然后就开始慢慢整理桌面上堆得乱七八糟的资料。收拾完毕后，我才给电脑公司打电话请求维修。

维修人员花了一周时间才修好我的电脑。但是由于硬盘不可修复，我的稿件没能复原。我很懊悔没有把稿件备份在其他媒介中。不过我的大脑里还有备份，于是我又花了一周时间重新写稿。

下面是我"败犬的远吠"[1]：

"要是硬盘没坏，我就能好好享受黄金周了！"（黄金周结束后的第一天就是截止日期……）

接下来是我这次吸取的教训：

"由于只在大脑中备份了原稿，所以我花了不少时间复原。"

---

1 出自日本作家酒井顺子的作品《败犬的远吠》，曾一度成为日本流行语，在这里用来形容作者经历失败、心有不甘的情景。——译者注

大家一定不要学我。

其次，讲讲作品背后的故事。

日本全国学力测试正好在我写这本书期间举行。我发现初中三年级语文 B 试题中竟然出现了"都市里的汤姆 & 索亚"的书名。（不过内容连一行都没有出现。）

作为曾经的小学老师，我感到万分荣幸，做梦都没想到我创作的小说的书名竟然会出现在试题中。接下来，我要努力让作品的内容也出现在试题中。

经常有读者给我写信，让我写一写内人奶奶的故事。不过我这个执拗的作者却先让内人和创也的父亲登场了，实在抱歉。

我在写这两位父亲的过程中突然明白了一件事，那就是有些人不管长到多少岁都无法完全变成大人。（我就是这种人……）

我预感内人和创也的父亲会在之后的故事中大显身手。

最后，是感谢的话。

感谢热血书店老板中村巧先生，他总是给我带来恰到好处的建议。他工作十分忙碌，却总是不厌其烦地帮助我，我对此感激不尽。

感谢讲谈社儿童部的水町编辑、小松编辑，尤其感谢小松编辑主动给我提供了大量的资料。"这个资料能不能用上呢？"小松编辑热情地为我挑选了许多神奇的资料。（这些资料给我的创作打下了坚实的基础，我十分开心且感激。）

我还参考了小松编辑之前送给我的《战斗直升机》（豪华版）、《世界特殊部队·武器装备篇》等书，不过这些书里的内容并没有在这本书中直接体现。之后我一定要用上《路面电车》中的内容。

感谢西炯子老师为小说绘制精美的插图。我实在忘不了老师那句"你是如此美艳动人！"的台词，所以在书中擅自使用了一下，不好意思。

感谢琢人、彩人，还有夫人的支持。今年的黄金周计划又泡汤了。我很抱歉每年都没能带大家出行。我保证明年我们一定能度过一个期待已久的黄金周！

在下一本书中，创也的家终于要揭开庐山真面目了。

去朋友家玩要是一件很愉快的事。要是条件允许，我希望内人能够愉快地、平稳无事地度过在创也家中的时光。（不过，那是绝对不可能的……）

在下一本书中，除了卓也先生，龙王集团特殊任务部总务科的全体成员都会登场。请大家期待一下黑川部长那些奇奇怪怪的手下吧。

那么，我们在"都市里的汤姆＆索亚"第七册中再会吧！

祝大家身体健康。

Good night and have a nice dream（晚安，好梦）！

MACHINO TOMU ANDO SO-YA (5) IN BEITO GE

© Kaoru Hayamine/Keiko Nishi 2007

All rights reserved.

Original Japanese edition published by KODANSHA LTD.

Publication rights for Simplified Chinese character edition arranged with KODANSHA LTD. through KODANSHA BEIJING CULTURE LTD. Beijing,China.

本书由日本讲谈社正式授权，版权所有，未经书面同意，不得以任何方式做全面或局部翻印、仿制或转载。

Simplified Chinese translation copyright © 2025 by Beijing Science and Technology Publishing Co., Ltd.

著作权合同登记号　图字：01-2024-1514

图书在版编目（CIP）数据

游戏告一段落？ / （日）勇岭薰著 ；（日）西炯子绘 ；任兆文译. -- 北京 ：北京科学技术出版社，2025.
（都市里的汤姆 & 索亚）. -- ISBN 978-7-5714-4324-5

I. I313.84

中国国家版本馆 CIP 数据核字第 2024V7A461 号

策划编辑：桂媛媛	电　话：0086-10-66135495（总编室）
责任编辑：李珊珊	0086-10-66113227（发行部）
责任校对：王晶晶	网　址：www.bkydw.cn
图文制作：沈学成　杨严严	印　刷：北京顶佳世纪印刷有限公司
责任印制：李 茗	开　本：889 mm×1194 mm　1/32
出 版 人：曾庆宇	字　数：118 千字
出版发行：北京科学技术出版社	印　张：7
社　　址：北京西直门南大街 16 号	版　次：2025 年 3 月第 1 版
邮政编码：100035	印　次：2025 年 3 月第 1 次印刷
ISBN 978-7-5714-4324-5	

定　价：39.00 元